LA MUCAMA DE OMICUNLÉ

LARGO RECORRIDO, 82

Rita Indiana

LA MUCAMA DE OMICUNLÉ

EDITORIAL PERIFÉRICA

PRIMERA EDICIÓN: abril de 2015

ISBN: 978-84-16291-08-03
DEPÓSITO LEGAL: CC-38-2015
IMPRESIÓN: KADMOS
IMPRESO EN ESPAÑA − PRINTED IN SPAIN

a Noelia

Full fathom five thy father lies,
Of his bones are coral made,
Those are pearls that were his eyes,
Nothing of him that doth fade,
But doth suffer a sea-change,
into something rich and strange,
Sea-nymphs hourly ring his knell, Ding-dong.
Hark! Now I hear them, ding-dong, bell.

WILLIAM SHAKESPEARE,
THE TEMPEST

Olokun

El timbre del apartamento de Esther Escudero ha sido programado para sonar como una ola. Acilde, su mucama, afanada con las primeras labores del día, escucha cómo alguien allá abajo, en el portón del edificio, hunde el botón hasta el fondo y hace que el sonido se repita, restándole veracidad al efecto playero que produce cuando se retira el dedo tras oprimirlo una sola vez. Juntando meñique y pulgar, Acilde activa en su ojo la cámara de seguridad que da a la calle y ve a uno de los muchos haitianos que cruzan la frontera para huir de la cuarentena declarada en la otra mitad de la isla.

Al reconocer el virus en el negro, el dispositivo de seguridad de la torre lanza un chorro de gas letal e informa a su vez al resto de los vecinos, que evitarán la entrada al edificio hasta que los recolectores automáticos, que patrullan calles y avenidas, recojan el cuerpo y lo desintegren. Acilde espera a que el hombre deje de moverse para desconectarse y reanudar la limpieza de los ventanales que, curtidos a diario por un hollín pegajoso, sueltan su grasa gracias al Windex. Al retirar el líquido brillavidrios con el trapo ve, en la acera de enfrente, cómo un recolector caza a otro ilegal, una mujer que intenta protegerse detrás de un contenedor de basura sin éxito. El aparato la recoge con su brazo mecánico y la deposita en su cámara central con la diligencia de un niño glotón que se lleva a la boca caramelos sucios del suelo. Unas cuadras más arriba, otros dos recolectores trabajan sin descanso; a esa distancia Acilde no distingue a los hombres que persiguen y los aparatos amarillos parecen bulldozers en una construcción.

Toca su muñeca izquierda con el pulgar derecho para activar el PriceSpy. La aplicación le muestra la marca y el precio de los robots en su campo visual. Zhengli es la marca, el significado de la palabra en inglés, *To clean up*, aparece debajo, junto a noticias e imágenes. Los recolectores chinos fueron donados por la potencia comunista «para aliviar en algo las terribles pruebas por las que pasan las islas del Caribe tras el desastre del 19 de marzo».

La lluvia de datos que bloquea su vista complica la limpieza de las figuras de cerámica Lladró en la que ahora se ocupa y cierra el programa para concentrarse.

Para comprobar que Acilde hace su trabajo, Esther, cuyos ruidos mañaneros frente al lavamanos se escuchan en la sala, suele deslizar un dedo al azar en busca de partículas de polvo. En la colección de la vieja predominan los motivos marinos, peces, barcos, sirenas y caracoles, regalos de los clientes, ahijados y enfermos terminales para quienes los supuestos poderes de Esther Escudero son la última esperanza. Según las redes, la victoria y permanencia en el poder del presidente Bona son obra de esa señora encanecida que arrastra sus pantuflas de seda azul hacia la cocina y se sirve en una taza profunda el café que Acilde le ha preparado minutos antes.

En su primera semana de trabajo Acilde rompió una de estas figuras, un pirata de colores pasteles que se pulverizó contra el suelo. Al contrario de lo que esperaba, Esther no la regañó, sino que con el gesto ceremonioso que usaba para casi todo le dijo: «No lo toques, algo malo se fue por ahí». La vieja buscó agua en un higüero y la echó sobre el desorden de cerámica molida. Luego le ordenó: «Busca la pala y la escoba y tira todo a la calle por la puerta de atrás». Para su jefa, una mariposa negra era un muerto oscuro; un bombillo fundido, Changó que quiere hablar; y la alarma de un carro en la calle al final de un rezo, la confirmación de que su petición había sido escuchada.

Antes de trabajar en casa de Esther, Acilde mamaba güevos en el Mirador, sin quitarse la ropa, bajo la que su cuerpo —de diminutos pechos y caderas estrechas— pasaba por el de un chico de quince años. Tenía clientela fija, en su mayoría hombres casados, sesentones cuyas vergas sólo veían a linda en la boca de un niño bonito. Solía ponerse un polo un tamaño más grande para verse aún más joven, y, en vez de caminar la cuadra asediando como sus colegas a los posibles clientes, se sentaba en un banco bajo la luz anaranjada de los postes fingiendo leer un cómic. Mientras más despreocupado parecía el niño que interpretaba, más clientes conseguía. A veces se esmeraba tanto en parecer un colegial cogiendo fresco, recostado sobre el banco, con un pie sobre la rodilla, que se olvidaba de para qué estaba allí, hasta que un bocinazo la devolvía al Mirador y a los desesperados señores que la auscultaban detrás de los cristales de un BMW.

Con esta estrategia sacó a Eric, la mano derecha de Esther, del suyo. Médico, cubano y con rasgos de película, Eric no necesitaba pagar para tener sexo, pero los blanquitos de clase media que se prostituían para comprar tuercas, las pastillas a las que eran adictos, lo volvían loco. Aquella madrugada en la suite presidencial, como le decían al claro entre los arbustos en el que la hierba era más suave, Acilde se la chupó dejando que le agarrara la cabeza. Eric le tocó las mejillas lampiñas de niño y se las llenó por dentro de leche, recuperando la erección de inmediato. «Encuérate que te lo voy a meter», ordenó, mientras Acilde escupía a un lado limpiándose las rodillas de los Levis con ambas manos, pidiendo los cinco mil pesos que valía la mamada. «Te quiero clavar», pedía Eric haciéndose una paja con las luces de los carros que le recorrían el pecho y el vientre. Acilde no había terminado de decir «dame mis cuartos, maricón» cuando Eric se le fue encima, la inmovilizó boca abajo y ahogó sus gritos de «soy hembra, coño» con la grama contra su boca. A esas alturas a Eric no le importaba lo que fuese, le metió una pinga seca por el culo y, cuando terminó y Acilde se levantó para subirse los pantalones, sacó un encendedor para acercarse y confirmar que era verdad, que era mujer. «Te voy a pagar extra por los efectos especiales», dijo. Y ella, al ver la cantidad que le pasaba, aceptó su invitación a desayunar.

Los chinchorros de fritura que el maremoto del 2024 había borrado del Malecón reaparecieron en el Parque Mirador como moscas tras un manotazo. Este nuevo malecón, con su playa contaminada de cadáveres irrecuperables y chatarra sumergida, parecía un oasis comparado con algunos barrios de la parte alta, donde los recolectores atacaban no sólo a sus blancos usuales, sino también a indigen-

15

tes, enfermos mentales y prostitutas. Se sentaron en sillas de plástico bajo paragüitas de colores y ordenaron tostones y longaniza. «No hay nada peor que un maricón tecato», dijo Acilde a Eric, al tiempo que tragaba la comida casi sin masticar. «El dinero se lo meten, son hijitos de papi y mami, yo no, yo quiero estudiar para ser chef, cocinar en un restaurante fino y con lo que junte mocharme estos pellejos.» Los pellejos eran los pechos que se tocaba con ambas manos y que Eric, ahora que sabía que existían, podía distinguir como picadas de abeja bajo la camiseta. «Puedo conseguirte un trabajo mejor que este, alguien que te necesite», dijo Eric. «No quiero un marido que me mantenga», respondió Acilde, y se limpió la boca con la manga. Eric le explicó el deal: «Es una vieja santera, amiga del Presidente, necesita a alguien como tú, joven, despierta, para que le cocine y le limpie la casa». Acilde parecía confundida: «¿Y por qué va a querer a una bujarrona como yo?». Eric pensó unos segundos antes de responder: «Puedo conseguir que te pague la escuela de cocina».

Acilde juntó los dedos índice y corazón para abrir su correo, extendió el dedo anular y Eric lo tocó con el suyo para ver en su ojo el archivo que Acilde compartía con él. Era el anuncio de un curso de cocina italiana del chef Chichi De Camps, que estaba en oferta aquella semana e incluía un delantal con el logo del famoso cocinero de papada y nariz de cajuil.

La habitación de Acilde en casa de Esther es uno de esos cuartuchos obligatorios de los apartamentos del Santo Domingo del siglo XX, cuando todo el mundo tenía una sirvienta que dormía en casa y, por un sueldo por debajo del mínimo, limpiaba, cocinaba, lavaba, cuidaba niños y atendía los requerimientos sexuales clandestinos de los hombres de la familia. La explosión de las telecomunicaciones y las fábricas de zona franca crearon nuevos empleos para estas mujeres que abandonaron sus esclavitudes poco a poco. Ahora, los cuartos del servicio, como se llaman, son utilizados como almacenes u oficinas.

Este trabajo le había caído del cielo. Sus rondas en el Mirador apenas le daban para comer y pagar su servicio de datos, sin el que no hubiese podido vivir. Durante su turno activaba el PriceSpy para ver las marcas y los precios de lo que llevaban puestos sus clientes y cobrarles el servicio con aquello en mente. Para las horas de trabajo preparaba un playlist que terminaba siempre con «Gimme! Gimme! Gimme!» de ABBA. Al final de la noche se retaba a conseguir un cliente, darle el servicio y cobrar antes de que la versión en vivo de la canción terminara. Cuando lo lograba se premiaba con un plato de raviolis cuatro quesos en El Cappuccino, una trattoria a unas cuantas cuadras del Parque. Allí ordenaba en el pobre italiano que aprendía online durante las horas muertas del Mirador e imaginaba conversaciones completas con los tipos que comían en El Cappuccino todos los días, italianos con zapatos que excedían las tres cifras y hablaban de negocios y de fútbol.

En su mente, uno de ellos, amigo de su padre, la reconocía por su parecido. Pura paja mental. Su padre había permanecido junto a su madre lo que había tardado en echarle el polvo que la preñó. Jennifer, su madre, una trigueña de pelo bueno que había llegado a Milano con un contrato de modelo, se había enganchado a la heroína y terminó dando el culo en el metro de Roma. Se había sacado seis muchachos cuando decidió parir el séptimo y regresar al país para dejárselo a sus padres, dos campesinos mocanos amargados, que se habían mudado a la capital cuando el fenómeno de La Llorona y sus dos años de lluvias acabaron con su conuco para siempre.

A Acilde le daban golpes por gusto, por marimacho, por querer jugar pelota, por llorar, por no llorar, golpes que ella se desquitaba en el liceo con cualquiera que la rozara con la mirada, y cuando peleaba perdía el sentido del tiempo y un filtro rojizo le llenaba la vista. Con el tiempo, los nudillos se le agrandaron a fuerza de cicatrices forjadas con tra frentes, narices y muros. Tenía manos de hombre y no se conformaba: quería todo lo demás.

Los viejos aborrecían sus aires masculinos. El abuelo César buscó una cura para la enfermedad de la nieta, y le trajo a un vecinito para que la arreglara mientras él y la abuela la inmovilizaban y una tía le tapaba la boca. Esa noche Acilde se fue de la casa. Le pidió a Peri, el maricón de su curso, que la dejara dormir en la suya, un estudio en la Roberto Pastoriza, de los varios que la mamá de Peri, Doña Bianca, alquilaba a estudiantes de pueblo. El día del maremoto, Acilde fue al Mirador, junto a miles de curiosos y gente en pijama que había logrado escapar, a ver cómo la ola terrible se tragaba a sus abuelos en su hediondo apartamentico de la urbanización Cacique.

Peri sabía diálogos completos de comedias del siglo pasado que nadie había visto, como *Police Academy* y *The Money Pit*. En esas películas, Acilde veía la vida paciente de hacía más de cincuenta años, y se sorprendía con aquellas gentes sin plan de datos integrado ni nada. En casa de Peri caían chicos de familias acomodadas a tragar pastillas y a jugar, a veces durante días seguidos, el *Giorgio Moroder Experience.* El juego-experiencia de Sony te permitía estar en una fiesta disco de 1977 y bailar con otros *fevers*, como decían los que preferían juego-experiencias de guerra a los millones de jugadores que acudían a la fiesta virtual, combinando el viaje con pastillas para sucumbir al sintetizador palpitante y sensual de «I Feel Love» de Donna Summer, que en el juego-experiencia duraba una hora completa. En la madrugada, cuando se acababan las tuercas y el dinero para comprarlas, Peri y su amigo Morla organizaban un paseo al Mirador, de donde, tras unas horas de trabajo, regresaban para patrocinar la segunda parte de la fiesta.

Morla era un chico de barrio, estudiaba derecho y traficaba con lo que estuviese a mano: árboles frutales, drogas de las todavía ilegales y criaturas marinas, lujo codiciado por coleccionistas adinerados ahora que los tres desastres habían acabado con prácticamente todo lo que se movía bajo el agua. El sueño de Morla era trabajar en el gobierno y mentía sobre sus orígenes delante de los demás amigos de Peri, hijos de funcionarios que lo despreciaban comprobando, con el PriceSpy, que las camisas de Versace que se ponía eran falsificadas. Fue él quien habló a Acilde de la Rainbow Bright por primera vez, una inyección que ya circulaba en los círculos de ciencia independiente y que prometía un cambio de sexo total, sin intervención quirúrgica. El proceso había sido comparado al síndrome de abstinencia de los adictos a la heroína, aunque los indigentes transexuales que habían servido de conejillos de Indias decían que era mucho peor. En ese instante los quince mil dólares que costaba la droga se convirtieron en el norte de Acilde: tenía que hacer dinero. Y como no se le ocurrió nada mejor, esa misma noche fue con ellos al Mirador.

Ya en casa de Esther, soñaba con poner en práctica lo aprendido en los cursos de cocina, que Esther y Eric le pagaban, en un restaurante de Piantini, donde establecería el crédito suficiente para pedir un préstamo y comprar la ampolla maravillosa. Las pastas que preparaba volvían loca a la vieja, que se levantaba de noche a servirse nuevas porciones cuando creía que nadie la veía. Desde la noche infame en casa de sus abuelos, Acilde padecía de insomnio y lo gastaba levantando pesas y buscando en las redes la cara de su supuesto padre. Mientras moldeaba sus bíceps, ponía el nombre de su progenitor en un buscador de imágenes tras alguna con algún parecido al mentón ancho y las tupidas cejas que había heredado y que tanto la ayudarían cuando un día lograra comprar la droga. Ante el hallazgo de este tipo de foto, se le aceleraba el corazón, pero luego imaginaba el breve email con la pregunta que le permitían sus circunstancias: «Hola, ¿te cogiste a una prostituta dominicana en el 2008?». Al final de la sesión iba a la cocina y se tragaba la proteína que necesitaban sus músculos para crecer, y le daba sustos de muerte a su madrina, que comía directamente de un tupperware doblada frente a la puerta abierta de la nevera. Ponían café, que tomaban sentadas en la mesita de la cocina y allí Esther le contaba cosas de su vida y de su vocación religiosa.

Esther Escudero había nacido en los setenta durante el gobierno de los doce años de Joaquín Balaguer, época sangrienta, «casi tanto como esta», decía sin levantar la vista de la taza, avergonzada de estar tan cerca de un régimen al que los periodistas extranjeros no se atrevían, todavía, a llamar dictadura. «En el 2004 yo tenía treinta años y me enamoré de mi jefa. Editaba su programa televisivo de investigación en el Canal 4; ella era casada y tenía un niño. El marido quería asesinarnos. Yo había vivido toda la vida negando las cosas que veía y sentía. Al parecer, el tipo pagó para que me hicieran un trabajo, brujería mala, y la menstruación no se me quitaba. Yo pensaba que me iba a morir. Ya yo estaba hospitalizada cuando un día llega la que había sido mi nana de chiquita, una mujer de nombre Bélgica, que no se quitaba un pañuelo morado de la cabeza con un bajo a cigarrillos en la boca, y me dice oye, nos vamos a Cuba. Yo le dije que si estaba loca, que con qué dinero, pero ya ella lo tenía todo preparado. Una negra pobre de campo, yo no entendía nada y estaba tan sola y tan débil que me dejé convencer. Resulta que la familia de mi abuela tenía sus cosas y Bélgica había prometido

22

velar por que yo siguiera la tradición. En Matanzas conocí a mi padrino, Belarminio Brito, Omidina, un hijo de Yemayá más malo que el gas, que me hizo santo y me devolvió la vida. Tan pronto entré en el cuarto de santo dejé de sangrar, mira, se me paran los pelos. Ese hombre me sacó de entre los muertos que me querían llevar, muertos oscuros que me habían mandado para que me enfermara de mis órganos. En la profecía de mi iniciación salió que me habían echado maldiciones desde el vientre de mi madre, la amante de mi papá que era una asquerosa, y que las nuevas brujerías habían enganchado con esas. Estas cosas son así, mija, como la química. Omidina me puso Omicunlé, el manto que cubre el mar, porque también me profetizaron que mis ahijados y yo protegeríamos la casa de Yemayá. Ay, Omidina, babami, qué bueno que te moriste y no llegaste a ver esto.»

En cuanto salió el sol, Esther la llevó a un rincón de la sala y se sentó en el piso sobre una estera. Metió su melena canosa en un gorro tejido color perla. De una bolsa de algodón blanco sacó un puñado de caracoles. Con ellos en la mano, comenzó a frotar la estera en movimientos circulares. Primero pidió frescura: «Omi tuto, ona tuto, tuto ilé, tuto owo, tuto omo, tuto laroye, tuto arikú babawa». Luego alabó a las deidades que rigen a todas las otras: «Moyugba Olofin, moyugba Olodumare,

Moyugba Olorun…». Rindió homenaje a los muertos de la religión: «Ibaé bayen tonú Oluwo, babalosha, iyalosha, iworó». Colabba to' esa ciencia, colabba to' esos muertos. Rindió homenaje a sus maestros muertos: «Ibaé bayen tonú Lucila Figueroa Oyafunké Ibaé, Mamalala Yeyewe Ibaé, Bélgica Soriano Adache Ibaé…». Y rindió tributo a quienes la habían iniciado: «Kinkamanché, a mi padrino Belarminio Brito Omidina, a mi oyugbona Rubén Millán Baba Latye, Kinkamanché Oluwo Pablo Torres Casellas, Oddi Sa, Kinkamanché Oluwo Oyugbona Henry Álvarez…». Pidió a Eleggua, Oggún, Ochosi, Ibeyi, Changó, Yemayá, Orisha Oko, Olokun, Inle, Oshún, Obba y Babalu Ayé, Oyá y Obbatalá su bendición y su autorización para realizar la consulta, «para que no haya muerte, ni enfermedad, ni pérdidas, ni tragedias, ni discusiones, ni chismes, ni obstáculos y para que se alejen todos los males y nos traigan un iré de vencimiento, iré de salud, iré de inteligencia, iré de santo, iré de matrimonio, iré de dinero, iré de progreso, iré de negocios, iré con lo que llega por el mar, iré de caminos abiertos, iré de libertad, iré de trabajo, iré que llega a la casa, iré que baja del cielo, iré de equilibrio, iré de felicidad».

De los dieciséis caracoles que lanzó sobre la estera cuatro cayeron con la abertura hacia arriba. «Iroso», dijo Esther, que era el nombre del signo que surgía del oráculo, luego levantó la vista, el refrán del signo: «nadie sabe lo que hay en el fondo del mar». Tras tirar los caracoles unas cuantas veces más, diagnosticó: «El signo te viene Iré, que quiere decir buena suerte, todo lo bueno. No hagas trampas. No hables tus cosas con nadie, que nadie sepa lo que piensas o lo que vas a hacer. No cruces hoyos ni te metas en hoyos, hoyos en la calle, en el campo, porque la tierra te quiere tragar. La gente como tú siempre tiene gente envidiosa e hipócrita al lado, es como si fueses hija de las trampas y la falsedad. Tú eres amiga de tu enemigo. El santo te protege de la desgracia y tienes que tener cuidado con la cárcel. Te vienen herencias y riquezas ocultas».

Como en una buena película, Esther la hacía creer en todo mientras la tenía delante. Tan pronto desaparecía con ella se iba la fe en ese mundo invisible de traiciones, pactos y muertos enviados. Una noche, al terminar sus ejercicios, Acilde escuchó un zumbido que salía del cuarto que albergaba el altar a Yemayá, la diosa del mar a quien servía Omicunlé. Esther dormía. Se atrevió a entrar. Olía a incienso y a agua florida, a telas viejas y al perfume de mar que guardan adentro las conchas de lambí. Se acercó al altar cuyo centro presidía la réplica de una vasija griega de unos tres pies de alto. Eric solía molestar a Esther diciendo que algún día la heredaría él, Acilde conocía su precio exorbitante gracias al PriceSpy. En la banda central de la pieza se veía a una mujer que sostenía a un niño por el tobillo ante un cuerpo de agua en el que pretendía sumergirlo. Alrededor de la tinaja había ofrendas y atributos de la diosa, un remo antiguo, el timón de un barco y un abanico de plumas. Esther le había dicho que nunca abriera la tinaja, que quien mirase dentro sin haber sido iniciado podía quedarse ciego, otra loquera más de la bruja. Dentro había, perfectamente iluminada y oxigenada por dispositivos adaptados a la tinaja, una anémona de mar viva. Sin poner la tapa buscó en el borde inferior y encontró el ojo rojo que respondía a un control remoto y un orificio por donde cabría perfectamente un cargador de batería. Eso hacía la vieja cuando «atendía» a sus santos, supervisar los niveles en la pecera de agua salada encubierta donde mantenía vivo a un espécimen ilegal y valiosísimo. Frente al animal el PriceSpy se quedó haciendo loading. Los precios del mercado negro no aparecían con facilidad.

Durante la transacción de la que Acilde era producto, su papá le había dicho a su madre que deseaba conocer las playas dominicanas. La isla era entonces un destino turístico de costas repletas de corales, peces y anémonas. Se llevó el pulgar derecho al centro de la palma izquierda para activar la cámara y flexionando el índice fotografió la criatura, flexionó luego el dedo corazón para enviar la foto a Morla. Susurró la pregunta que la acompañaría: «¿Cuánto nos darían por esto?». La respuesta de Morla fue inmediata: «Lo suficiente para tu Rainbow Bright».

El pequeño plan de Morla y Acilde era pan comido. Cuando la vieja saliera de viaje, el primero buscaría la forma de violar la seguridad de la torre, desconectaría las cámaras de seguridad del apartamento, se llevaría al animal marino en un envase especial, y dejaría a Acilde amarrada, amordazada y libre de toda culpa. Pero cuando Esther viajó a una conferencia de religiones africanas en Brasil, Eric se quedó con Acilde en la casa. Esta pensó primero que la bruja no confiaba en ella; luego entendió que la anémona necesitaba de atenciones especiales que Eric le brindaría en su ausencia, teoría que confirmó cuando lo vio pasar horas muertas encerrado en el cuarto de santo. A su regreso, Esther encontró a Eric enfermo, con diarreas, tembloroso y con manchas extrañas en los brazos. Lo mandó para su casa y le dijo a Acilde: «Se lo buscó, buen bujarrón, no le cojas las llamadas». A pesar de las advertencias de Omicunlé, Acilde visitaba al enfermo para llevarle comida y las medicinas que él mismo se recetaba. Eric permanecía en su habitación, en la que reinaba una peste a vómito y alcoholado. Había días en los que deliraba, sudaba fiebres terribles, llamaba a Omicunlé, repetía: «Oló kun fun me lo mo, oló kun fun». Acilde volvía a casa de Esther y le contaba todo para ablandarla: sólo conseguía que la vieja lo maldijera aún más y lo llamara traidor, sucio y pendejo.

Morla le enviaba textos desesperados todos los días para saber cuándo saldría Esther de la casa, cuándo llevarían a cabo la operación, cuándo, por fin, pondría las manos encima a la anémona. Acilde había dejado de contestárselos.

Todos los jueves en la tarde un helicóptero recogía a Esther en el techo de la torre y la llevaba al Palacio Nacional a tirarle los caracoles al Presidente. La consulta solía extenderse hasta la medianoche, pues la sacerdotisa realizaba los sacrificios y limpiezas recomendadas durante la lectura el mismo día. Estas ausencias parecían perfectas para el plan original de Acilde, el único problema era que la vieja había dicho y hecho cosas que la habían convencido de pensárselo mejor.

De Brasil, Esther le había traído un collar de cuentas azules consagrado a Olokun, una deidad más antigua que el mundo, el mar mismo. «El dueño de lo desconocido», le explicó en el momento de colocárselo. «Llévalo siempre porque aunque no creas te protegerá. Un día vas a heredar mi casa. Esto ahora no lo entiendes, pero con el tiempo lo verás.» Omiculné se ponía muy seria y Acilde se sentía incómoda. No podía evitar sentir cariño por aquella abuela que la cuidaba con la delicadeza que nunca habían tenido con ella sus familiares de sangre, y si la vieja iba a dejarle en herencia la casa, ¿no podría tal vez darle el dinero para el cambio de sexo?

Cuando la ola del timbre vuelve a sonar, Acilde tumba con una escobilla las telarañas que día a día se tejen en silencio en las aristas del techo. Asume que es otro haitiano y que el dispositivo de seguridad se encargará de él. Seguido, alguien toca la puerta del apartamento. Sólo Eric, que tiene la clave del portón, puede haber subido. Sin miedo a que Esther se enoje, corre a abrir la puerta, contenta de que Eric esté sano, confiada de que con su chulería se meterá en un bolsillo a la sacerdotisa.

Morla la apunta con una pistola. Al primer gesto defensivo de Acilde, la toca entre las clavículas y luego flexiona todos los dedos para tener acceso al sistema operativo del plan de datos de la mucama. Le activa en ambos ojos, en modo pantalla total, dos videos distintos: en un ojo, «Gimme! Gimme! Gimme!», y en otro, «Don't Stop Till You Get Enough», ambos a todo volumen. Acilde trata de desconectarse. Morla ha previsto sus movimientos. Ciega, ella grita: «Madrina, ladrón», y se golpea contra las paredes hasta caer al suelo y sentir, tras la tímida detonación de un revolver silenciado, el peso de otro cuerpo que se desploma en el mármol de la sala.

Morla desactiva las pantallas. Acilde ve cómo remata a Esther. Observa asimismo cómo se recoge luego el sudor que le chorrea la frente con el dorso de la mano que sostiene el arma. «Me dejaste enganchao, mamagüevo, ¿dónde está la vaina?» Ahora que no necesita la empatía de un grupito de inútiles, la voz del asesino no es la misma que usaba en la casa de Peri. Acilde lo lleva al cuarto de santo y le muestra la enorme vasija. Morla abre el envase cilíndrico en el que transportará la nueva mercancía, tiembla, trasnochado y hasta las tetas de coca. «Date una raya para que te endereces», aconseja la mucama. Morla obedece, saca una fundita rosa de plástico con un bolón de perico del bolsillo del jean. En un solo movimiento circular, Acilde le rompe en la cabeza un delfín Lladró que halla en el altar. Morla cae de lado con el patrón de monedas amarillas de su camisa salpicado de sangre y trocitos de porcelana. Acilde mete la anémona en el envase y oprime el botón para activar en su interior el oxígeno y la temperatura que el animal necesita para sobrevivir.

Psychic Goya

El aire acondicionado hasta el tope, como en todas las oficinas de la ciudad, convertía los manubrios de las puertas, los escritorios y la tapa del inodoro en superficies heladas que Argenis evitaba como podía. *¿Por qué es que suben el aire así? ¿Es tullirnos lo que quieren?* Preguntas viejas que Argenis se hacía con la carne de gallina, desde hacía dos años, los mismos que llevaba trabajando en Plusdom, un call center ubicado en un edificio sin terminar en la avenida Independencia. El primer y segundo piso no tenían ventanas, tampoco puertas ni losetas, y la escalera que llevaba al cuarto nivel no tenía barandilla. Los empleados subían con mucha cautela, pegados a la pared, cuando regresaban del colmado con las manos llenas de Doritos y Coca-Cola. Argenis trabajaba allí junto a otros veinte dominicanos, con un inglés de mediocre para arriba. Fingía poderes síquicos en una línea telefónica que recibía llamadas de todo Estados Unidos.

Se levantó del inodoro y se subió el pantalón. De un bolsillo sacó una bolsita de coca. Estaba dura y tuvo que machacarla un poco con la punta de una llave para pulverizarla; con la misma llave como cuchara se metió un pase en cada hoyo. Se miró en el espejito del pequeño botiquín, se limpió la nariz con el dedo y lo chupó luego para no desperdiciar nada. Sólo entonces bajaba el inodoro, nunca antes, para evitar que alguien, al otro lado de la puerta, pudiera calcular el tiempo que se había quedado allí después de bajar la cadena y empezase a hacerse preguntas. «Esas son paranoias de periquero», hubiera dicho Mirta, su ex esposa. «Ojalá te mueras», dijo él entre dientes mientras abría la puerta.

El espacio estaba dividido en cubículos de fibra gris. En cada cubículo había un escritorio, un monitor y un teclado y las cosas estúpidas que la gente pone para hacer los espacios más acogedores. Diala, la flaca con acné que le había hecho una paja una vez en la escalera, tenía el suyo lleno de fotos de REM, Morrissey y Londres. Eddy, un pájaro cuarentón con el pelo teñido de negro, tenía fotos de sus sobrinitas en Disneyland. Ezequiel tenía fotos de sus días dorados, jorobado bajo el peso de tres cadenas de oro antes de que su mamá, tras encontrarle medio kilo en el clóset, le comprara un pasaje de ida de New Jersey a casa de su abuela en el Capotillo. Axel era un blanquito esquizofrénico y este trabajo constituía su terapia ocupacional; tenía un Pokemón de peluche y unos afiches de bandas de hyperpop japonés que Argenis jamás había escuchado. Luego estaba Yeyo, la prestamista, una prieta de seis pies y doscientas libras que lo tenía jarto.

tender
boring

Argenis se sentó en su puesto y vio en el monitor el nombre que había elegido el día que lo contrataron: Psychic Goya. Había una llamada en espera. Se colocó los audífonos y tomó la llamada con los ojos fijos en la esquina derecha inferior donde un reloj marcaría los segundos, minutos u horas que lograra retener al cliente en la línea. «Good evening, Psychic Goya speaking, how do you do?», preguntó mientras un residuo de cocaína le amargaba la garganta. Era una mujer, como casi siempre. Para seguir el protocolo laboral trató de visualizarla, blanca y horrenda, dentro de una camiseta XXL con algún logo promocional a modo de bata, doblando las erres y las tes con el acento de un rincón del sur de Estados Unidos. «Would you like a Tarot reading today, Katherine?» «Yes, please.» «Okay, I will pick a card for you.» Junto al monitor estaban las cartas del viejo tarot que habían venido con su escritorio y sobre las que Franky, el del turno de ocho a cuatro, dibujaba con un bolígrafo Bic azul todo tipo de obscenidades.

El paje de copas es un arcano menor sobre el que Argenis recordaba algunas interpretaciones de las que había anotado durante el entrenamiento de dos horas que impartía Eddy, el síquico veterano. En el tarot Rider-Waite es una carta hermosa. Un joven andrógino de turbante azul y ropa florida contempla al pez que sale de su copa mientras al fondo, en el horizonte, el mar ni muy tranquilo ni muy agitado quiere disimular la próxima tormenta que anuncia el gris total del cielo. Franky había dibujado varios barquitos de vela sobre el oleaje y cubierto de barba el mentón lampiño del paje. En la esquina izquierda superior había dibujado un corazón traspasado por un puñal que sangraba directamente sobre la copa. Le extrañó que no hubiesen penes peludos, el trademark de Franky, e inspirado por este recuerdo preguntó: «Is your question about a young man?». Katherine respondió: «Oh my god, you're amazing!». Katherine tenía la voz de una mujer abatida por lomas de trastes sucios y un esposo empleado en la industria de la construcción que mostraba su afecto reprimiendo las ganas de escupir en la alfombra de la casa, así que se lanzó de cabeza: «Is this man not your husband?». Katherine lanzó un grito. «Oh my God, this is freaky.» «Psychic Goya sees all and wants to help you, Katherine. Is your husband home? No?» Argenis habló entonces durante diez minutos seguidos sobre la carta con la elocuencia que su entrenamiento como artista plástico le permitía, hilvanando las lecturas más típicas de la carta con cualquier basura que le pasara por la mente. «This young man, is he an artistic fellow?» «Yes, he likes Metallica y Marilyn Manson.» Ya entrados en esta etapa, Argenis la sometió a un cuestionario sobre la persona de la carta en el que Katherine reveló todo sobre sí misma, sus gustos, su coeficiente intelectual, su casa, su familia, su presupuesto, un ejercicio que quemaba como paja el tiempo en el relojito.

Argenis llegó a Plusdom por Yeyo, la prestamista, que le consiguió trabajo cuando Argenis le informó que no podía pagarle los diez mil pesos que le había cogido prestados para divorciarse de Mirta. Desde entonces, Yeyo controlaba su vida. Había logrado que Mike, el supervisor gringo, le descontara a Argenis la mitad de su sueldo para añadir esa cantidad al cheque de ella, y saldar así la cuenta. «Esto es ilegal», se quejó Argenis la primera vez, pero luego se dio por vencido, puesto que adivinó que Mike también le debía dinero a Yeyo; porque todo el mundo debía a Yeyo algo, dinero o favores, y ella sabía cobrarlo con intereses. La deuda estuvo saldada en siete meses, tras los cuales Argenis no tardó en pedirle prestado de nuevo para comprarle perico a Ezequiel, quien había logrado insertarse en su área laboral habitual tras aterrizar en

Santo Domingo. Argenis empezó comprando medio gramo los miércoles, porque el jueves era su día libre, y luego, con la excusa del horario nocturno y del divorcio, justificó el gramo diario que le haría retrasarse en pagar la luz eléctrica, la única cuenta con que su mamá le había pedido que la ayudase cuando se mudó con ella.

Yeyo era prima de un compañero de la Escuela de Bellas Artes de la que Argenis se había graduado en el 1997. En aquel entonces, la negra le había resuelto algunos pequeños contratiempos financieros —dinero para comprar materiales, papel Fabriano, óleo y telas—, nada que no pudiese pagarle casi inmediatamente, pues su papá, que trabajaba en el partido de gobierno, le pasaba una mesada con la que él alquilaba un estudio frente al parque Colón, donde pasaba por la piedra a extranjeras desubicadas que llegaban a la Zona Colonial al ritmo de Brugal, yerba haitiana y Guns N' Roses.

Allí, Argenis soñaba despierto con su futuro como artista plástico. Su talento era incuestionable. Había ganado decenas de concursos de dibujo y pintura durante su infancia y los maestros de los setenta lo invitaban a su mesa en la cafetería. En Bellas Artes, una escuela pública con menos recursos que una barbería de pueblo, los maestros, para quienes después de Picasso no se había hecho arte, veían en las pinturas de excelente técnica y temas católicos de Argenis, un motivo de orgullo y le vaticinaban éxitos a granel.

Cuando terminó en Bellas Artes y logró que su papá lo enviara a la Escuela de Diseño de Altos de Chavón, la historia fue otra. Allí su dominio de la perspectiva y la proporción no valían ni medio peso. Sus compañeros eran niños ricos con Macs y cámaras digitales que hablaban de Fluxus, videoarte, videoacción, arte contemporáneo. Usaban mochilas con Hello Kitty, hablaban en inglés y francés y no se sabía si eran maricones o no.

La primera semana hubo una sesión de diapositivas para mostrar los portafolios de los estudiantes nuevos. Viendo los collages, fotos y dibujitos de sus compañeros se inflaba de desprecio por estos ignorantes a quienes tanto iba a enseñar. Quedarían deslumbrados con las vírgenes renacentistas y los arcángeles, para los que Argenis había hecho posar desnudas a turistas alemanas, suecas y españolas de la clase obrera en su taller de la Zona Colonial. Al día siguiente, durante la primera clase de historia del arte, la profesora Herman había decidido empezar por lo que se había producido durante los últimos diez años, la década de los noventa. Marina Abramovic, Jeff Koons, Takashi Murakami, Santiago Sierra, Damien Hirst, Pipilotti Rist. La profesora Herman lo explicaba todo muy bien, incluyendo los precios de las piezas y las referencias de cada artista. A Argenis le bajó el azúcar. Tuvo que excusarse y caminó con la vista borrosa hasta el minimarket. ¿Dónde diablos había estado? Se sintió pobre, ignorante y, sobre todo, confundido. Las obras que había visto, aunque a veces ni siquiera estaban hechas por el autor sino por una fábrica de juguetes en China, se ajustaban en forma y vitalidad a la época a la que pertenecían, como las de Velázquez o Goya a la suya. Recordó el cafetín asqueroso en el que tertuliaba enajenado con pintores de dientes negros que habían compartido con él los secretos de Leonardo, Rembrandt y Durero. Tremenda mierda.

Altos de Chavón es una réplica de una villa mediterránea del siglo XVI. La construyó un millonario cuando su proyecto de carretera se topó con una montaña de piedra en el camino. Charles Bluhdorn, presidente de la Gulf+Western y su amigo Roberto Copa, escenógrafo de la Paramount, llevaron a cabo la idea con las mismas piedras que, para otro hombre, hubieran sido un obstáculo. Terminado el pueblo, surgió la idea de una escuela de arte y diseño, la única opción en la isla aparte de la petiseca Escuela de Bellas Artes.

Al mes de estar allí, Argenis no había hecho ni un solo amigo y veía con envidia las fiestas que en la residencia estudiantil hacían los chamaquitos egresados del Liceo Francés y el Carol Morgan.

Fiestas que terminaban en la piscina o en las playas de Bayahibe, a las que llegaban en sus Alfa Romeos del año. Con la puerta de su estudio abierta, por si alguien quería invitarlo, fingía leer una copia de *The Shock of the New* que había sacado de la biblioteca. Cuando se daba por vencido, caminaba sin rumbo por las estructuras de aspecto antiguo, pero vacías de historia, del falso pueblo medieval.

Una de esas noches se vació completa una botella de Brugal Añejo y estuvo dando tumbos alrededor de la escuela hasta que, sin saber cómo, terminó en un bosquecillo de buganvilias. Espinas de medio palmo le herían la cara y los brazos, la luna llena se colaba entre las sombras histéricas de la enredadera, como también se colaban las voces de un grupito de estudiantes que lo veía desde fuera conteniendo la risa. Al no encontrar la salida terminó por tirarse al suelo, lloriqueando en un charco de vómito hasta quedarse dormido. Del fondo de aquel mareo asqueroso surgió la voz de una mujer. Lo llamaba, «Goya, Goya», y él pensaba: *Mis oraciones han sido escuchadas, he despertado de esta pesadilla y soy Goya.*

Abrió los ojos y vio a la profesora Herman, vestida con su chaqueta Nike rosa para su joggeo al amanecer, arrodillada junto a él, mientras el primer sol veteaba de naranja la cara mitad mora mitad inca de la mujer, que había cruzado la maraña de

lance privats   *lashes*

puyas para ayudarlo. «Goya, levántese.» Se incorporó, se vio los ramalazos coagulados en los brazos y olió el vómito reseco, sintió vergüenza y, aún, más vergüenza cuando se enteró de que así le decían todos en la escuela, Goya, porque habían interpretado sus complejos como comemierdería. Todo esto se lo explicó la profesora Herman en su apartamento, adonde lo llevó para que no lo vieran llegar en ese estado a la residencia. Le prestó su ducha, unos shorts y un t-shirt y le curó las heridas con agua oxigenada y mercurocromo. Luego le preparó un café oscuro para que se tragara dos aspirinas mientras ella ponía una pila de libros sobre la mesa: *Estética de la desaparición*, *La sociedad del espectáculo*, *Mitologías*, *El reino de este mundo*, *La invención de Morel* y *Naked Lunch*. Él no había dicho ni ji. Ella le haló los dreadlocks que llevaba por los hombros y le dijo: «Despierte, Goya, póngase las pilas, usted tiene una técnica impecable, pero no tiene nada que decir, mire a su alrededor, carajo, ¿usted cree que la cosa está para angelitos?».

La profesora Herman logró que lo exoneraran de las clases de dibujo anatómico, que Argenis no necesitaba, para que consumiera durante esas horas lo que ella le iba pasando: libros y películas más que nada. Para cuando terminó el primer año, Goya tenía un par de amigos que había conquistado con la marihuana haitiana que capeaba en la capital, y aunque sus trabajos seguían pareciendo ilustraciones de los Testigos de Jehová, ahora reinaba en ellos cierta ironía.

¿Qué diría la profesora Herman si pudiese verlo ahora? En un fucking call center, fucking «Psychic Goya», con una maldita gorda que le cobraba el 10% semanal a cada peso que le cogía prestado, sin haber expuesto ni una sola vez desde la graduación —divorciado, amargado, perdido—. Escuchó la voz de mujer al otro lado del teléfono, «Goya, Goya, are you there?», y sintió cómo el frío de navaja del cubito de hielo que alguien le había metido por el cuello del suéter rodaba hasta la raja de su culo y le mojaba las nalgas. Se volteó para matar al gracioso y encontró a Yeyo, con un vaso de Burger King en la mano, que se ahogaba de la risa junto a Diala y Ezequiel. De un manotazo le tumbó el refresco rojo, que voló por los aires junto con el vaso, mientras de su boca salía un «Me tienes jarto, maldita prieta». A Yeyo se le aguaron los ojos y se fue directa a la oficina de Mike, que salió de allí a los quince minutos abrazando a la negra con una mano y con el último cheque de Argenis en la otra.

Etelvina Durán, profesora de español en la Universidad Autónoma, era una mujer fuerte y de piel clara, hija de campesinos de La Vega, que había militado en los movimientos izquierdistas desde los dieciséis años. Había conocido al papá de Argenis en una reunión del Partido Comunista de la República Dominicana. Vieron morir a la mitad de sus amigos en manos de los asesinos de Balaguer. Ellos lograron salvar la vida porque el hermano de Etelvina era teniente de la Marina de Guerra y los había sacado de un paredón en el Ensanche Ozama una madrugada de 1975 cuando la reconoció entre los cabeza-caliente que le tocaba despachar. Al amanecer de Dios, José Alfredo, el izquierdista de talle ajustao que mejor imitaba a Johnny Ventura, se casó con ella, dejó para siempre el clandestinaje e ingresó en las filas del recién fundado Partido de la Liberación Dominicana, al que se mantendría fiel, vendiendo periodiquitos de la organización durante las dos décadas que tardó en llegar al poder. Etelvina mantuvo a José Alfredo para que este pudiese dedicarle todo su tiempo al partido. Lo mantuvo a base de coser, estudiar y criar a Argenis y a su hermano mayor, Ernesto, hasta que José Alfredo la dejó por una compañera peledeísta que iba a pagarle la carrera de derecho en la Pucamaima. Etelvina no había visto varón desde entonces. Se dedicaba a sus hijos y al trabajo. Mantenía relaciones con sus amigos de izquierda, los veía acomodarse, al igual que ella, en vidas inofensivas, como dentistas, corredores de seguros o veterinarios que se reunían los sábados a cantar canciones de Silvio en un karaoke. Ernesto se destacó en la escuela y en los deportes, se ganó una beca para ir a estudiar ciencias políticas a Argentina mientras Argenis fumaba yerba y amolaba un cassette de Alpha Blondie y se dejaba crecer unos dreadlocks rastafaris por los que su padre todavía no lo perdona. Etelvina disfrutaba cuando José Alfredo ponía cara de asco al verlos; apoyaba a su hijo y obligaba al padre a pagar los estudios en Chavón y pasar una mensualidad. En aquel entonces, Argenis era su tesoro. En su rebeldía y en su talento artístico veía un reflejo inocente de sus días contestatarios y de sus anhelos secretos de escribir poesía. Guardaba un cuadernito desde los sesenta en el que había escrito versos libres y al que volvía en momentos especiales. Esto no lo sabía nadie. El cuadernito sobrevivía amarillento, junto a una antología de Roque Dalton, en el librero de la casa. Así de amarillentas estaban también las expectativas que tenía de Argenis.

Al salir de Chavón, este se había casado con una chica que trabajaba en un banco. Una mujer con un cuerpazo que lo había leído todo y había estudiado administración de empresas porque no quería vivir del cuento. Con su sueldo de subgerente mantuvo a Argenis un año con la historia de que este preparaba su primera exposición individual. Hasta que un día llevó tres maletas a Etelvina con los féferes de Argenis y le dijo: «Su hijo no sirve, se la pasa metiendo cocaína y viendo porno en la computadora mientras yo guayo la yuca en un escritorio de ocho a cinco». Argenis apareció dos días después en casa de su mamá con la ceja cosida porque, al no querer salir del apartamento, Mirta le había dado con una botella y le había dicho que estaba preñada de dos meses y esa misma tarde iba a sacarse el engendro de mojón que tenía adentro.

A Argenis lo que más le dolió fue lo del bebé y cayó en una depresión profunda en el cuarto que fuera suyo y que Etelvina había habilitado como salita de costura. Ella lo atiborró de ansiolíticos que compraba sin receta en la farmacia de un amigo para no escucharlo llorar y sorber mocos, hasta que un mes después del divorcio lo sacó de la cama con una cubeta de agua fría. A la semana, Argenis estaba en Plusdom y todas las mañanas, a su regreso del trabajo, traía a Etelvina una funda de pan sobao recién hecho y un tetrapak de leche. Ella no se podía imaginar cómo había logrado que lo botaran de un trabajo tan idiota, y cuando llegó, bajando nota del perico, resacado y cansado, a decirle que estaba otra vez desempleado, ella no lo dejó que se durmiera hasta las doce de la noche diciéndole «vago, bolsa triste, mojón de agosto» entre otros insultos por el estilo, todos cibaeños.

A las seis de la mañana del día siguiente lo levantó para pedirle que le hiciera el desayuno, que limpiara la casa y que le lavara el carro. «Yo no voy a

44

seguir de pendeja manteniendo hombre grande, coño.» Argenis le hizo unas tostadas con revoltillo y ella se quejó de la textura del revoltillo con la boca llena. Las partículas de huevo que salían proyectadas por el aire, hicieron saber a Argenis que había perdido lo único que le quedaba en el mundo.

Como a las diez de la mañana, se arremangó el pantalón y bajó al parqueo del edificio con una cubeta, la manguera y una esponja a lavar el Toyota Corolla verde que su mamá había logrado comprar hacía poco, después de haberlos criado a golpe de transporte público. José Alfredo, con la llegada del PLD al poder en el 96, había entrado a trabajar como asesor del Presidente y había firmado un cheque para Etelvina de ciento cincuenta mil pesos por lo poco que había podido aportar durante la crianza de los muchachos. A ella no le interesaba saber de dónde había sacado su ex marido tanto dinero y se compró un carrito que hasta la fecha no le había prestado a Argenis ni una sola vez. Argenis conectó la manguera de la llave del condominio, se tiró agua en la cabeza y la cara y luego la dejó caer sobre el Toyota haciendo que el polvo endurecido se disolviera. Metió la esponja en la cubeta jabonosa y se vio en el cristal mojado: la barba sin afeitar, los pómulos salientes, la cicatriz en la ceja y los dreadlocks, que, gracias a una calvicie repentina, parecían trocitos de mierda de gato. Y allá arriba, en el balcón de su apartamento, su mamá supervisándolo como si él no fuera capaz de lavar un carro.

Del otro lado de la calle se había estacionado una Montero del año, de la que salió un hombre peinado hacia atrás como Robert De Niro en *El Padrino 2*, con una camisa de lino azul, bermudas kaki y unas alpargatas españolas en los pies. Giorgio Menicucci parecía más ready para subir a un catamarán que para andar por las calles de Santo Domingo. No esperó a cerrar la jeepeta para mirarse en el cristal como había hecho Argenis, se arregló el pelo con la mano, aunque no lo necesitaba, y se ajustó el talle de los pantalones, que llevaba ceñidos con una correa de piel trenzada. Mientras cruzaba la calle reconoció al lavacarros y sonrió y apuró el paso.

Argenis conocía a Giorgio de las actividades culturales de la Fundación Chavón, a las que este acudía con su esposa, Linda Goldman, hija de judíos a quienes Trujillo había entregado tierras en el pueblo de Sosúa, en la costa norte, en 1939. Linda era la cosa más bella que Argenis había visto en su vida. Tenía unas tetas perfectas, que llenarían sin rebosar demasiado las manos, los ojos verdes y atentos de quien no ha hecho ni una sola cosa estúpida en su vida y un pelo almendrado, recogido en un moño que dejaba ver unas orejas que adelantaban la deliciosa suavidad de sus demás agujeros. Sabía que habían adquirido obras de otros estudiantes para su colección de arte caribeño y que tiraban fiestas de tres días en su playa privada de Sosúa.

Por ambas cosas se acercó a hablarles durante una exposición en el Museo Arqueológico de Chavón, cuando todavía le quedaba autoestima para cosas de este tipo. Argenis los encontró admirando una potiza taína; la tiñaja acorazonada en la que un cuello fálico surge de entre dos tetas era motivo de chistes en la escuela, pero él supo guardarse el humor infantil para otra ocasión y repitió una frase de la profesora Herman: «Una noción de la sexualidad muy sofisticada, ¿no?». «Yo hubiese hecho el pene más grande», dijo Giorgio, arrancando una carcajada a su esposa. Mostraron interés por él. Eran simpáticos y sencillos, como la gente que tiene dinero y belleza y no necesita de pedanterías para elevarse sobre los demás. Después de la recepción los invitó a su taller y, después de sacrificarles el último joint que le quedaba, les mostró lo que pintaba ahora que Chavón lo había salvado de convertirse en ilustrador de libros de catecismo. Les explicó que seguía creyendo en la pintura, aunque muchos despreciaran la disciplina como si se tratara de macramé. Trabajaba en una pieza de gran formato: al fondo de un bosque de espinas y ocupando las posiciones de la *Pietà* de Miguel Ángel, un hombre desnudo leía un cómic en el regazo de una mujer con un jacket con capucha azul cielo marca Nike. De cerca se podía ver la portada del cómic: era el *New Gods* 1 de Jack Kirby, de 1971. Más allá de los disfraces con los que Argenis había actualizado los escenarios de su propuesta pictórica, Giorgio quedó impresionado con su técnica y le encargó un retrato suyo y de Linda con su perro, un Weimaraner de nombre Billy.

El retrato había sido la última pieza por la que Argenis había recibido dinero. Ahora se arrepentía de haberle regalado a Giorgio los estudios a lápiz que había hecho antes de realizar el cuadro de cuarenta y ocho por sesenta pulgadas en el que los Menicucci aparecían con una fidelidad espeluznante en su terraza abierta al mar. Ella, sentada en el gran sofá de mimbre con un pie sobre Billy, que se dejaba acariciar boca arriba, mientras Giorgio, de pie y vestido sólo con el traje de baño, retaba sonriente al espectador con ambos puños al frente, como un boxeador. Al fondo, en la pared, se veía el Wifredo Lam que la pareja había recibido como regalo de bodas. Una figura espinosa, negra y roja que Argenis había reproducido a grandes rasgos, todo a la luz de un atardecer en el que los límites de la carne se disolvían en partículas blancas y amarillas como la vida bajo el microscopio también se disuelve sin límite definitivo. *Si tuviese esos bocetos ahora podría vendérselos*, pensó Argenis, mientras Giorgio le daba un abrazo que olía a Issey Miyake y lo saludaba en italiano, como hacía con su perro.

«He venido a hacerte una oferta que no puedes rechazar», dijo el italiano, y le puso una mano en el hombro. Su mano era cálida y suave, pero a Argenis la cercanía física de un hombre le activaba un avispero bajo la piel. Cerró la llave que daba agua a la manguera para salir del incómodo contacto. Giorgio siguió hablando, venía a invitarlo a participar en un proyecto, tendría comida y techo por seis meses y la asesoría de un curador cubano. El Sosúa Project, como Giorgio lo llamaba, era una iniciativa cultural, artística y social con la que quería devolver algo al país que lo había hecho rico.

Del pasado de Giorgio, Argenis sabía lo que la profesora Herman, amiga de los Menicucci, le había contado. Había llegado de la Suiza italiana en el 1991 con una mano alante y otra atrás, y sus habilidades le habían permitido conseguir trabajo como chef en la cocina de un hotel todo incluido de Playa Dorada. Pronto montó su propia pizzería artesanal en Cabarete, la capital caribeña de los deportes acuáticos, donde conoció a Linda, en aquel entonces una riquita campeona de windsurf que daba clases a turistas en la playa. Estaba en la etapa odio-ser-rica y se mantenía ella misma con lo que ganaba de las clases. A su padre, Saúl Goldman, que había llegado de niño con su familia huyendo de

49

los campos de concentración y que se había hecho desde abajo con su fábrica de lácteos, esta actitud lo enternecía, y hablaba de su hija, la independiente, guiñando un ojo. Años antes la había visto partir a estudiar biología marina en Duke University y pidió a Yahveh que le pusiera a un chico judío en el camino. Linda, sin embargo, encontraba desabridos a los gringos y volvió a la isla con la idea de convencer a su papá de crear una fundación protectora de los arrecifes de coral de Sosúa y, luego, de toda la isla. Su papá le dijo que no, que aquello significaba poner en peligro el pan de los pescadores de la zona, padres de familia como él. Linda le explicó con pelos y señales, en un lenguaje tal vez demasiado científico, que caminábamos hacia el exterminio total de nuestros recursos marinos. «Exterminio es una palabra fuerte, no deberías usarla para hablar de animales», dijo el viejo.

Con lo que hacía en la pizzería, Giorgio ahorraba para comprar un pedazo de playa en Sosúa, una pequeña franja de arena al pie de un acantilado llamada Playa Bo y con la que estaba obsesionado. Giorgio le guardaba a Linda las tablas con que daba sus clases en el callejón de su restaurante —pura camaradería de vecinos playeros—, hasta que un día la llevó a la playita de sus sueños para impresionarla con aquel rincón de su pueblo que ella, que había nacido en Sosúa, no conocía. Mientras bajaban por el acantilado dentado hasta la arena, divisaron un enorme cardumen de peces cirujanos, un chorro azul eléctrico que salía de un hueco en el arrecife de coral que enmarcaba la playa. Giorgio le contó que cuando acababa de llegar solía dormir allí en el bohío de los dueños, unos campesinos; luego le explicó que él quería comprarla para convertirla en un santuario, libre de pesca y de todo tipo de depredación. Ambos estaban en el agua hasta el cuello y él había empezado a flotar boca arriba con los ojos cerrados, muy cerca de ella, relajado y hermoso, con algo de delfín en la piel mojada y poco pelo en su pecho. Ella no esperó a que se incorporará para decirle: «Te vas a casar conmigo y vamos a comprar esta playa».

La Playa Bo, a la que Argenis llegó en el 2001, había pasado por un proceso de construcción eco-friendly. Donde antes había un bosque de cambrones y guasábaras, se erigía ahora una casa de cemento y madera de estilo moderno, de un solo piso y con una enorme terraza de ladrillos que miraba hacia el mar. El acantilado y la playa quedaban a la izquierda del edificio y habían habilitado una escalera de madera para acceder mejor al agua. Las paredes exteriores de la casa eran de cristal y las interiores eran módulos móviles de madera que sus dueños acomodaban según las necesidades propias y las de sus invitados. La cocina y los baños eran lo único estable; la constante entrada y salida de obras de arte, electrodomésticos y muebles mantenían la casa en proceso, como decía Linda. Argenis —que conocía la casa de las fotos que le habían facilitado para realizar el retrato de los Menicucci— y los demás integrantes del Sosúa Project no eran invitados habituales y establecerían su residencia, mientras durase el proyecto, en unas cabañas recién construidas para ellos a unos cuantos metros de la casa. Los estudios servirían de taller y albergue y eran luminosos y frescos, contaban con una cama, un sofá, una mesa de trabajo, un televisor y un abanico de techo, todo pintado de blanco y sin decoración alguna. Giorgio llevó al suyo a Argenis, quien no había firmado el contrato todavía, pues quería ver las instalaciones personalmente.

Según el contrato, Giorgio y Linda, o más bien su galería, Menicucci / Arte Actual, se quedaría con un 40% de las obras vendidas por los artistas, quienes pasaban a ser representados exclusivamente por la misma. Giorgio abrió la cortina del taller para que la luz de la mañana entrara por el ventanal. Al verlo, Argenis sintió vergüenza de no haber firmado antes y temió que Giorgio se vengara de su desconfianza mandándolo a la capital en la guagua del mediodía. Billy, que venía siguiendo a su amo, tras husmear por las esquinas olisqueó a Argenis, que fingió una caricia rápida mientras iniciaba el contrato con la A y la L con que firmaba sus cuadros. Un tipo enorme y negro como el carbón entró en la cabaña. Llevaba unos jeans recortados, una gorra de los Dodgers y un polo Tommy Hilfiger con el cuello desteñido. Tenía una barriga dura y prominente, aunque sus brazos y piernas exhibían la definición de los músculos de un ex atleta. Giorgio y él se abrazaron con un cariño de niñas. «Maestro», dijo Giorgio a Argenis con una deferencia que quiso hacer sonar sincera, «esta es la próxima estrella mundial del performance art, Malagueta Walcott, otro artista nuestro.» Al pintor, el contacto de otros hombres frente a él también lo hacía sentir incómodo. «¿Podemos bajar a la playa?», pidió para alejarse de la proximidad de la cama.

Metida hasta la cintura en la poza sin olas de Playa Bo, Linda llenaba tubos de ensayo mientras otro gringo introducía lo que parecía ser un termómetro en el agua. «James es un oceanógrafo de UCLA. Están haciendo pruebas porque queremos convertir Playa Bo en un santuario», explicó Giorgio. «Tenemos que proteger el mar o si no…», dijo, y con la mano hizo una pistola que puso sobre la cabeza de Argenis y disparó. A Argenis la pasión ambientalista le importaba un bledo. En cambio, Linda, con su bodysuit de buceo, le parecía la mejor parte de la beca. Se hacía una paja rusa con sus tetas mientras Giorgio hablaba de especies coralíferas. Tuvo que recordar el hielo de Yeyo bajando por su espalda para desviar una erección.

Esa noche, en la gran mesa de teca de la terraza de la casa principal, Argenis conoció a los demás participantes, Elizabeth Méndez e Iván de la Barra. La primera era una videoartista que había estudiado con Argenis en Chavón y nunca le había dirigido la palabra; Iván de la Barra era un curador cubano, «pieza clave del experimento», como lo presentó Giorgio mientras servía un dedo de un bordeaux en la copa al susodicho. Iván probó el vino y dijo que sí con la cabeza, jugando a que estaban en un restaurante y Giorgio era su mozo. Ambos reían cuando Giorgio terminó de llenar la copa, que Iván viró en el aire, derramando un poquito en el piso, para calmar la sed de los muertos y pedir «desenvolvimiento material y espiritual para los neófitos». Malagueta sacó una libretita y preguntó qué significaba neófito. Argenis se moría de vergüenza ajena. Iván le explicó: «Un neófito es un principiante, una persona que acaba de integrarse a una comunidad. Tú eres un neófito».

A pesar de la agradable brisa marina, la luna en cuarto creciente sobre el horizonte, el pesto de Giorgio y el envidiable talento del curador para hilvanar en la conversación historia, filosofía y cultura popular, Argenis sentía subir por su esófago eructos ácidos que tenía que callarse: *Malditos cubanos de* mierda, ¿ahora este mamagüevo nos va a venir a enseñar el *aeiou*? Y este maldito prieto, tan bruto, dique con una libretica, ¿no podía buscar la palabra en un diccionario? Todo el mundo los ama, por la maldita revolución, pero ¿hasta la cuánta es? Nada más hay que ser cubano para que te inviten a España, a Japón. ¿Qué es lo que me va a enseñar este pelafustán? Si allá la gente da el culo por una pasta de dientes. Que si la arquitectura, que si el cine, a mí qué me importa, aquí tenemos salami y arroz con habichuelas. Váyase a lavar la narga mamagüevazo...

Al día siguiente, el programa les fue detallado por Iván en el segundo piso de la cabaña de Argenis, en una sala con proyector digital, varias butacas y una pizarra en la que el cubano terminaba de escribir la palabra PINAKOTHIKI. Todos llevaron libretitas menos Argenis. «Aquí vamos a entender el proceso creativo como una obra en sí misma y vamos a cuestionar en todo momento la relevancia de la forma y el contenido de nuestros proyectos.» Iván hablaba y caminaba entre las butacas sin mirar a nadie, como un profesor. Era un hombre delgado, de nariz aguileña y entradas hondas en el pelo, con marcas de acné juvenil, que saboreaba su acento cubano facilitando la entrada en el cuerpo de sus interlocutores de todo lo que salía de su boca. Se equivocaba poco. Tenía un sentido del humor que metía miedo. «Señor Luna, ¿por qué quiere ser artista?» Iván no esperó a que Argenis respondiera y ya estaba hablando otra vez, ahora del instinto de conservar las obras de arte y el instinto del artista de conservar en el tiempo una idea, de manifestar en la realidad una imagen mental, una sensación, una conclusión filosófica. Argenis no oía nada, la pregunta le había traído el recuerdo de su papá, ahora que el Partido había perdido y vivía de lo acumulado durante cuatro años en el poder, preparando escaramuzas para recuperarlo en las próximas elecciones. Había tenido la suerte de que Giorgio lo invitara. Sin trabajo y con su papá fuera del Palacio no iba para ninguna parte. Miró a Elizabeth, tenía un buen culo y unas tetitas de pezones grandes que se transparentaban bajo su t-shirt sin brassiere, se entretuvo imaginando a Malagueta enterrándoselo a Elizabeth sobre el escritorio de Iván, con los cojones, que debía tener azules, moviéndose al compás.

Al mediodía almorzaron otra vez en la terraza. Argenis pensó que si iban a comer en grupo todos los días se pegaría un tiro. Eso hasta que Linda los invitó a snorklear durante la tarde. «Es hermoso, hay muchos peces, es súper relajante, ¿verdad que sí?», preguntó a Billy, que ladró para responder. «¿Te animas?», preguntó a Argenis directamente. En vez de interpretar el gesto como una invitación amistosa que, en realidad, intentaba integrar en la conversación a un individuo lúgubre y distante, Argenis empezó a atar cabos: *Me la saqué, no se lo va a dar al prieto e Iván debe ser maricón, quiere que yo se lo meta.* Durante el postre, el cubano hojeaba el estuche de CD's de Elizabeth, en el que abundaba la música electrónica bailable, Daft Punk, Miss Kittin, Cassius. Por eso la conoció Giorgio: porque Elizabeth era asidua a los parties que se hacían en la capital, en sótanos abandonados y discotecas de hoteles que no se habían remodelado desde los sesenta. El crowd era pequeño y variado, la gente se juntaba por la música y las éxtasis. Argenis nunca había estado en uno, ni había probado las tuercas, como les decía Giorgio a las pastillas con mucha naturalidad, y se imaginó un ambiente provinciano, como las discotecas a las que iban sus compañeras en la escuela secundaria a bailar merengue y buscar novios.

En la playa, Linda repartió las escafandras y los snorkels, entró al agua primero e hizo señas con un dedo de que la siguieran bordeando el arrecife que cerraba cual hilera de dientes la poza de Playa Bo. Bordearon la piedra nadando entre colirrubias hasta un trozo de roca con un agujero de tres pies de ancho, un túnel por el que se colaba la luz azul del otro lado y de donde surgieron un grupito de damiselas y un loro reina. Argenis pensaba que todo era muy bello, pero quería verle el toto a Linda y la cabezota de Malagueta siempre estaba en el medio. Linda se metió por el hueco y los demás se quedaron esperando a que regresara. Titubeando, Argenis vio su oportunidad y se fue detrás de ella. Tuvieron que sacarlo entre todos vomitando agua, con una quemadura de anémona y rasguños por todas partes. «No cogió impulso», decía Malagueta, «y 'ta como quemao en la epalda», riendo nervioso y con una mano en la boca, mientras recordaba las sacudidas que había dado el tipo al entrar en el hueco. «Como un pez en el anzuelo», dijo Elizabeth. «Mielda mano, qué bad trip.»

Condylactis gigantea

Al salir de la casa de Esther, Acilde había evitado los taxis oficiales y el metro, donde las cámaras grabarían su trayecto, y había tomado un carro público. Estas chatarras, modelos japoneses de principios de siglo, andaban en la calle a pesar de las iniciativas del gobierno por retirarlas de circulación. Su precio módico y su privacidad las hacían ideales para los indocumentados y los prófugos. Sus choferes conocían las callejuelas de la parte alta y se salían de su ruta para recorrerlas por un poco más de dinero. Villa Mella, adonde pidió al chofer que la llevara, era la cuna del movimiento terrorista evangélico que había surgido cuando el presidente Bona declaró como religión oficial las 21 Divisiones y su mezcla de deidades africanas y santos católicos. A los Siervos del Apocalipsis, como se hacían llamar los enemigos de todo lo que no fuese bíblico, les gustaba poner explosivos y matar gente casi tanto como hablar en lenguas. Acilde calculó que la policía no tardaría en descubrirla y que sólo encontraría refugio por unos días en las filas de quienes veían en Esther Escudero a una adoradora de demonios que merecía la muerte.

En la comuna del Kemuel, una asamblea de relevo alababa el nombre de Dios a través de altoparlantes y estimulaba a los creyentes a propiciar el Armagedón en la isla. Acilde apostó a que ya la habían visto en la Red, donde su foto figuraba junto a la de Morla como responsables del crimen, y se acercó a dos muchachas de faldas hasta el piso y trenzas enmarañadas para que la llevaran adonde uno de sus líderes. En la oficina de Melquesidec, un pastor de dedos como salchichas, había un escritorio, dos sillas plegables y unos cojines descoloridos con manchas variopintas sobre una pila de periódicos, de cuando todavía se imprimían en papel, que hacía las veces de sofá. En la pared, de un clavo, colgaba un cinturón con un cuchillo de montaña. Junto a él un afiche decía: «Y el ángel arrojó su hoz en la tierra, y vendimió la viña de la tierra, y echó las uvas en el gran lagar de la ira de Dios».

Melquesidec le ordenó que se sentara. *Las mentiras*, pensaba Acilde, *son como unas habichuelas, hay que sazonarlas bien o no hay quién se las coma*. Inventó un sueño, un cordero en un altar cuya sangre formaba las letras del nombre de la hechicera,

Esther Escudero. Sumaba cosas que recordaba de la escuela dominical a la que su tía la había obligado a ir en su infancia, el pastor que daba las clases en aquella escuelita supuraba el mismo resentimiento social que Melquesidec. Sus hazañas con niñas de doce y trece años eran otras de las razones por las que su cabeza tenía un precio. Sus ojos enrojecidos estaban fijos en la entrepierna de Acilde con una lujuria mística que la hacía sentir peor que sus clientes en el Mirador. Le dijo, rascándose un pezón con la uña del meñique por encima de la camisa: «Hermanita, el Señor te ha ungido y yo debo proteger su obra». Encargó al hermano Sofonías, un muchacho con síndrome de Down moderado, que la hiciese sentir como en casa. Antes de que Acilde se levantara, Melquesidec le metió un dedo mojado de saliva en el hueco de la oreja.

Sofonías era muy alto, sus pequeños ojos lucían una falsa felicidad y olía, como casi todo en aquel lugar, a inodoro sucio. La comuna ocupaba varias cuadras pobladas por viviendas improvisadas de madera, zinc y a veces cemento, a las que el agua y la luz llegaban de manera irregular como en todos los barrios excluidos del circuito central y donde ni siquiera los recolectores se preocupaban por entrar. La llevó por el brazo hasta una casucha de una pieza con piso de tierra y la empujó dentro. Cerró la puerta de tres tablas y puso un candado

61

por fuera. Luego arrastró una silla de plástico y la colocó frente a la puerta; se dejó caer resoplando sobre ella. Acilde miró a su alrededor sin quitarse la mochila, en la que llevaba la anémona. El cuartico era perfecto para someter a un perro o a una mujer asustada, pero Acilde probó la resistencia de una plancha de plywood que completaba la pared en el fondo de la pieza y sin necesidad de patearla dos veces la madera podrida salió de su sitio, dejándole un hueco por el que escapar sin mucho ruido, mientras Sofonías cantaba fañoso: «A combatir marchad con fiel resolución... / en pos de Cristo, vuestro Capitán, / henchido el corazón de varonil ardor, / a derrotar a las huestes de Satán».

Corrió, salvó cañadas de aguas negras, se alejó de la comuna de los fanáticos hasta alcanzar la avenida en la que un grupo de chamaquitos vendía crack, como en un servicarro, a automóviles que hacían fila. Se acercó al palomito más pequeño de todos y lo convenció con dinero de llevarla a su casa. Allí vivía con su hermana, que estaba embarazada y, cuando llegaron, comía un locrio de salami frente a un abanico de pedestal encendido. «No voy a mamar güevo, Joel, toy cenando», dijo Samantha y golpeó el plato con el tenedor. Joel, sin mencionar los billetes que tenía en el bolsillo y metiendo la otra mano en la comida para robarle un trozo de salchichón, dijo: «Lo que quiere es dormir aquí».

Acilde alcanzó a ver una tableta sobre la mesita de centro; al salir de casa de Esther había desactivado su plan de datos para que no pudiesen encontrarla, pero ahora necesitaba comunicarse con Eric, la única persona que podía ayudarla. La tableta era un modelo viejo que corría con un plan independiente de los que ofrecían en la periferia. Samantha hizo ademán de arrebatársela pero Acilde le explicó, tecleando sobre la pantalla, que era sólo por unos minutos. «¿Y ahora nosotro somo el hotel cinco etrella, ojo der culo?», preguntó la chica, y se perdió con su plato de plátanos detrás de la cortinita de encaje que dividía la cocina de la sala de estar. Joel enseñó a Acilde el único cuarto, donde había una cama twin. «¿Y tu hermana?», susurró Acilde atareada con el aparato. Joel, sin embargo, ya estaba en la cocina sirviéndose lo que había quedado en la estufa.

Acilde texteó a Eric una foto de un mono. Eric le texteó una foto del Titanic. Acilde respondió con una foto del Titanic en el fondo del mar y con la foto de un arcoiris. Tras un minuto más de fotos, Acilde le envío una foto de Pancho Villa, una de Matías Mella y otra de Mama Tingó y una postal de un atardecer en una playa, cuando el mar todavía era el espejo del cielo y no un chocolate contaminado. El mono seguía siendo el más conocido llamado de auxilio. Hasta la policía sabía lo que significaba. El médico entendió el mensaje, Acilde estaba en Villa Mella, más jodida que el Titanic, tenía la criatura del mar y se la daría a cambio de la Rainbow Bright. Lo esperaría en las inmediaciones de la parada del metro Mama Tingó al caer la tarde.

Eric había tenido la delicadeza de venir en un carro público, un Honda Civic 2007, que a pesar de sus veinte años conservaba la pintura original gris ceniza. El cubano se desmontó y bajó una maleta del baúl. Estaba demacrado y tembloroso y Acilde se apresuró a ayudarlo con el equipaje. Lo puso al día mientras caminaban por la cañada llena de basura plástica hacia la casa de Joel. Al llegar allí, Eric sacó doscientos dólares, se los dio a Samantha y ordenó: «Váyanse a otro lugar unos días, no van a querer estar aquí cuando llegue la policía».

«Yo no la maté», dijo Acilde tan pronto estuvieron solos. «Eso no es importante ahora, voy a ayudarte con la inyección. No puedes hacerlo tú.» A Acilde le sorprendió esta reacción, quizás la enfermedad había terminado de joderle la mente. De la maleta que había traído sacó cinco sueros, gasa y pinzas, varios frascos y una barra de la cascarilla que usaba Esther para trazar líneas blancas en las puertas y en las esquinas.

Mandó a Acilde a ponerse un enema, darse un baño, afeitarse la vulva y la cabeza. Ella lo hizo todo con una maquinita, al tiempo que pensaba:

Este tipo es médico, sabe lo que hace. La hizo acostar desnuda en la cama, sobre la que había abierto una especie de tienda de campaña blanca para mantener estéril el espacio alrededor de su cuerpo, al pie de cada esquina de la cama había un plato con arroz crudo. «Te estás poniendo muy folklórico», dijo Acilde, viendo ansiosa cómo Eric sacaba del bolsillo de su chaqueta un sobre metálico con algo dentro sellado en el vacío. El cubano abrió con los dientes el sobre: «Son ofrendas para que todo salga bien», explicó, mostrándole la ampolleta de dos pulgadas que contenía un líquido blanco y viscoso. «Costó un cojón, mejor será que funcione», dijo riendo tristemente mientras llenaba una jeringuilla que bailaba en su mano. Entonces mostró unas correas de látex a Acilde, quien se levantó de golpe. «Estoy siguiendo las instrucciones», dijo, y cacareó como una gallina para tocarle los cojones a la paciente, que, retada, volvió a acostarse y se dejó atar con las correas. «Intenta zafarte», pidió el doctor, ella hizo fuerza sin lograr moverse.

Antes de empezar, Eric echó una ojeada al envase donde descansaba la anémona de mar. Estaba en mal estado, igual que él, y tenía que actuar rápido. Tan pronto como la Rainbow Bright entró en su corriente sanguínea, Acilde comenzó a convulsionar. *La maté*, pensó Eric, *me han vendido un veneno de ratas*, pero la chica se estabilizó y él co-

menzó a supervisar sus signos vitales con regulari-
dad. Dos horas después se quejó de calor y luego
dijo que se quemaba viva. Cuando comenzó a
mover la cama con sus sacudidas, Eric le inyectó
un sedante. A medianoche sus pequeños senos se
llenaron de burbujas humeantes, las glándulas ma-
marias se consumían dejando un tejido rugoso que
parecía chicle alrededor del pezón y Eric retiraba
con una pinza para que no se infectara. Debajo surgía la piel nueva de un pecho masculino, las células
se reorganizaban como abejas obreras alrededor de
la mandíbula, los pectorales, el cuello, los antebrazos y la espalda, llenando de nuevos volúmenes rec-
tos las suaves curvas de antes. Amanecía cuando el
cuerpo, enfrentado a la destrucción total del aparato reproductor femenino, convulsionaba otra vez.
Presa de contracciones que hacían que su bajo vientre subiera y bajara, expulsó lo que había sido su
útero por la vagina. Los labios se sellaron en una
efervescencia celular que pronto dio forma al es-
croto, que albergaría sus testículos, mientras el clí-
toris crecía, haciendo sangrar la piel estirada, que
Eric quitaba del medio como había hecho con la de
los pechos, higienizando las áreas como le habían
indicado los fabricantes del fármaco. A las doce del
mediodía Acilde Figueroa ya era un hombre completo. Eric protegió aquel cuerpo de diseño, aún
en carne viva, con capas de antisépticos y algodón.

66

Eric se sentó en una silla de plástico verde junto a la cama y combatió el sueño presintiendo su próxima muerte. Le hizo gracia que el escenario en que esta le sobrevendría y el paciente al que ofrecía sus últimos servicios parecían sacados del ideario de la Escuela Latinoamericana de Medicina en Cuba, de la que se había graduado. «Ciencia y conciencia» era el lema de una institución fundada para crear un ejército de batas blancas, médicos al servicio de los más necesitados, cuyas misiones en el Tercer Mundo usaban los Castro para excusar lo que había salido mal a la revolución.

A la caída del sol los Siervos del Apocalipsis se desgañitaban frente a sus altoparlantes con versículos que el aire traía hasta la habitación: «Tenía en su mano derecha siete estrellas: y de su boca salía una espada aguda de dos filos». Eric veía con asombro cómo la potente droga aceleraba ahora el proceso de sanación. La metamorfosis llegaba a su fin. Cada centímetro alterado era cubierto por la epidermis que protegería para siempre la obra maestra. Contraria a esta salud, la suya decaía rápidamente. Sus pulmones debilitados y llenos de líquido comenzaban a dolerle demasiado. Había cometido un error, pero al menos estaba a punto de completar la obra para la que había venido al mundo.

Eric tenía nueve años cuando una tarde, jugando canicas en la galería de su casa, le viró los ojos a la madre como con un ataque de epilepsia y salió corriendo.

Lo encontraron en las afueras de la ciudad, en un tambor en honor a Yemayá al que había llegado solo, montado con el santo y hablando en yoruba. Ese mismo año fue iniciado como Babalosha por Omidina, quien también era el padrino de Esther Escudero.

En la profecía que se hace al iniciado, se le reveló que él encontraría al hijo legítimo de Olokun, el de las siete perfecciones, el Señor de las profundidades; y por esto su padrino le puso Omioloyu, los ojos de Yemayá, confiado en que un día el pequeño pícaro sabría hallar en la carne del mundo a aquel que sabe lo que hay en el fondo del mar.

A Esther Escudero, Omicunlé, el oráculo le había revelado que su casa recibiría al elegido y que gracias a este, Esther encontraría la muerte. Ella había asumido esa calamidad futura con tranquilidad; depositó en Eric la confianza de ejecutar el plan y lo preparó para iniciar al Omo Olokun cuando ella faltara. Eric quería a la vieja como a una madre y, creyendo poder evitar el desenlace fatal de la profecía, improvisó una salida. Si él se coronaba como Omo Olokun podría deshacerse de Acilde, la supuesta elegida, pero sus experimentos con la anémona a espaldas de Esther terminaron por enfermarlo y enojaron a la bruja.

La estridencia de los vecinos evangélicos arreciaba. El nuevo Acilde, todavía aturdido, había preguntado a Eric qué hacía, mientras el médico rayaba con pulso intermitente símbolos en el piso y las paredes. Sobrecogido por un profundo fervor, sacó la anémona del envase. Acilde seguía amarrado a la cama pidiendo un espejo. Éric no tenía tiempo para explicarle y se arrodilló al pie de su cabecera con los tentáculos del animal mirando hacia la coronilla afeitada. La cabeza de Acilde exhibía una corona de lunares, puntos oscuros en círculo alrededor de la coronilla que Eric había distinguido cuando aquella chica, que finalmente había adquirido la forma masculina que tanto deseaba, se arrodilló para mamárselo una noche en el Mirador.

El sacerdote comenzó a rezar con voz aguda y nasal, «Iba Olokun fe mi lo're. Iba Olokun omo re wa se fun oyío», mientras unía las puntas urticantes de los tentáculos de la anémona a los puntos en la cabeza de Acilde, quien gimió y maldijo débilmente, sin poder moverse. Las puntas se quedaban adheridas como velcro y el olor de la criatura marina desplazó de golpe el olor a basura del barrio, transportando a Eric a la bahía de Matanzas, a las luces de plata del sol en los movimientos del agua, un rotundo olor a yodo y algas que lo llenó del vigor necesario para terminar el rezo. «Olokun nuni osi oki elu reye toray. Olokun ni'ka le. Moyugba, Aché.»

Soltó al animal y se arrodilló junto a la cara de Acilde diciendo «Olokun, aquí está su hijo Eric Vitier, Omioloyu, Omo Yemayá, Okana Di en su Awofaka, rindiéndole moforibale y pidiéndole su bendición». Se acercó un poco más al oído del hombre recién nacido y gastó su último aliento en hacerle saber: «Esther sabía todo lo que iba a pasar. Yo ya estoy pago, te dimos el cuerpo que querías y ahora tú nos has dado el cuerpo que necesitábamos».

Sangre de vaca

Lo subieron a la casa convertido en un pez guaná-
bana, los ojos y los dientes ocultos tras la hincha- ~Swell~
zón alérgica que el contacto con la anémona le había provocado. Por suerte, Linda tenía un inyector
de epinefrina y se lo puso. Sabía que la anémona *Con-
dylactis gigantea*, que abundaba en Playa Bo, no
tenía veneno suficiente para hacer daño a un ser
humano a menos que este fuese alérgico. Unas horas después el rostro de Argenis volvía a la norma-
lidad no sin antes pedirle a Elizabeth que lo retra-
tara con su cámara digital para guardar el recuerdo
de su curiosa monstruosidad.

La semana siguiente la pasó sudando fiebres, in-
somne y con una sensación de vértigo que le impe-
día estar de pie por mucho tiempo. Malagueta se
había traído una colchoneta para dormir con él y
atenderlo; lo entretenía con cuentos de su infancia
en el barrio Los Charamicos.

Malagueta era el único de los artistas del proyecto que había nacido en Sosúa. De adolescente había sido aceptado en la academia de béisbol que los Dodgers tenían en el país, donde educaban y entrenaban a los futuros talentos de las grandes ligas, «pero justo cuando me iban a fichar, me jodí la rodilla». Por la noche, se desvelaba con Argenis repasando en voz alta las velocidades de picheo de sus ex compañeros y el rumbo y estadísticas de los que sí lograron convertirse en estrellas del béisbol profesional. Su cuerpo de piernas y brazos enormes era típico de un bateador, excepto por una barriga que cuidadosamente había construido a base de cerveza Presidente y pica pollo. Tenía una forma curiosa de utilizar la palabra maricón para referirse a todo el mundo, incluso para dirigirse a su interlocutor. «Tómate la sopa, maricón; duérmete, maricón; ¿maricón, te mareaste?». A Argenis le parecía un exceso de confianza, pero el prieto lo cuidaba y no podía ponerse antipático.

El cómo esta mole humana había terminado de artista conceptual era un misterio que mucho tenía que ver con su afición a los dibujos animados japoneses de la televisión dominicana. Malagueta era fan de *Dragon Ball Z* y de niño había llenado unos sesenta cuadernos con hombres musculosos de venas hirsutas y melenas amarillas erizadas flotando en un cielo violeta o anaranjado. Cuando se lesionó, su papá, que había trabajado en el restaurante de Giorgio, le recordó su talento para el dibujo y se lo llevó al italiano para que lo aconsejara y viera si el muchacho tenía talento. Giorgio captó su interés con unas fotos de Ana Mendieta. En una, la artista aparecía desnuda y cubierta de plumas; en la otra, la silueta de su cuerpo en la tierra cogía fuego. Algo conectaba estos gestos extraños con los héroes animados que habían encendido su obsesión infantil; el cuerpo, como en el field de pelota, era el protagonista y se presentaba ante la vista de todos con una furia elemental y mágica, como una bola de fuego. Hacía poco había participado en el Primer Festival de Performance de Puerto Plata con una pieza titulada *Home*, en la que, desnudo en una jaula de bateo, sin bate ni guante, recibía con su barriga y pecho las pelotas que salían disparadas por la boca mecánica a sesenta millas por hora.

Durante el día, Malagueta trabajaba en su próximo proyecto, es decir, acudía a las sesiones diarias con Iván, hacía ejercicios, leía información en Internet sobre la escena del performance art; por la tarde, hablaba con Iván a solas y anotaba en su libretita hasta los suspiros del curador. Estas charlas solían ocurrir en un banco de piedra ubicado en medio de las cabañas de los artistas y Argenis los veía desde su cama como una esposa celosa. Al mediodía, Nenuco, el jardinero, le traía sopitas de auyama y yautía que le preparaba Ananí, la señora que trabajaba en la casa, y por la tarde la misma Ananí le traía té de tilo para ayudarlo a descansar. Una mañana Giorgio vino a ver cómo seguía y a dejarle un montón de materiales que le había traído de la capital. Billy no quiso entrar en la habitación y se quedó afuera ladrándole, haciendo que el escaso amor que Argenis sentía por el perro disminuyera aún más. Al ver el rollo de tela enorme y nuevo contra la pared, se sintió mejor y le dijo a Malagueta que podía irse a su cuarto.

Esa tarde, al fin libre de mareos, Argenis duerme y sueña. Se ahoga. Manotea a lo loco sin lograr moverse; el pecho le duele por la violencia con que trata de jalar aire con la boca en vez de agua salada. Al fondo, el horizonte es una infinita línea verde y gris de piedra y palmeras. Unos hombres blancos y barbudos con ropas manchadas se acercan en una canoa y lo sacan del agua para llevarlo hasta la orilla, llevan cuchillos y pistolas antiguas en el cinturón y unas chancletas hechas de cuero amarrado; hay uno oscuro, de pelo lacio muy negro, que, aunque vestido como los otros, parece un taíno. El único que lleva botas es el que más preocupado parece. Tiene el pelo ensortijado y marrón y una larga barba oscura. Luego están en un bohío y lo tiran en un catre de cuero de vaca. El taíno entra y le habla en lengua rara mientras el barbudo de las botas le cepilla las plantas de los pies como para activarle la circulación. Del exterior entra un olor a carne y a humo y se despierta salivando porque el aroma le ha abierto el apetito.

Después de dormir catorce horas completas, Argenis se sentía fenomenal.

En la mesa del desayuno la conversación rondaba los temas usuales, arte, política y ambientalismo. James Kelly, el profesor de UCLA con quien Linda desarrollaba el proyecto ecológico de Playa Bo, los acompañaba esa mañana y hablaba del incremento en la temperatura del agua y el advenimiento de una crisis de blanqueamiento letal para los corales del Caribe. Argenis tenía un hambre loca y le metía el diente a la tortilla española y al pan con ajo, captando celajes de información. En su cabeza había una mezcla desordenada de pedazos de sus conversaciones con Malagueta, el sueño y el recuerdo del momento en que estuvo atrapado por la boca de piedra bajo el agua. Iván captó su atención cuando dijo que durante las próximas semanas estarían estudiando a Goya y harían un ejercicio al final de las mismas a partir de la obra del maestro aragonés. El ejercicio buscaba problematizar la noción de contemporaneidad en el arte y analizar la forma en que Goya, hacía ya dos siglos, al articular sus observaciones filosóficas y formales, se había divorciado de las expectativas de las obras

75

encargadas por sus clientes e inaugurado el arte moderno.

A Iván no había quién lo callara. Tenía un talento especial para cerrar los argumentos más dispares y alejados de la historia cubana con una anécdota sobre Cuba, Fernando Ortiz o Fidel, pero Argenis estaba en la luna. Esto le pasaba en la escuela secundaria todo el tiempo; la maestra hablaba y él, en su mente, construía fantasías usualmente de corte sexual con compañeras del curso, mientras la maestra, el pupitre y los compañeros se derretían ante la realidad hormonal de la película interior. Pero lo que le pasaba ahora era distinto: no había perseguido un pensamiento, no se inventaba cosas, no tenía control alguno sobre lo que veía con la claridad de un recuerdo: se veía de nuevo en el bohío de su sueño.

Unos hombres trabajan sobre algo a unos metros de la puerta. El barbudo de las botas supervisa la operación y da órdenes. Al ver a Argenis se acerca y le habla. Argenis escucha su voz, que le dice: «Ya estás mejor». Espera que los comensales también la hayan escuchado, pero todos seguían chachareando, excepto Giorgio, que se había levantado de la mesa y yacía en el sofá de la terraza leyendo la revista *Rumbo*. El tipo de las botas se presenta: «Soy Roque y estos son mis hombres», y Argenis da unos pasos; ve lo que hacen, sacan el pelo a unas pieles de vaca y raspan con cuchillos, arrodillados en el suelo de tierra anaranjado.

Eran los mismos que lo habían sacado del mar. «¿Recuerdas tu nombre?», pregunta Roque. Argenis no se atreve a hablar; hace un esfuerzo sobrehumano por concentrarse en lo que ahora dice Elizabeth en la mesa: chilla que si Goya era moderno, Velázquez también.

Mientras Ananí trae la greca con el café, Roque el barbudo le explica que él debe de ser el único superviviente de un naufragio. «Debes haberte golpeado la cabeza, por eso no recuerdas nada.» Mientras Elizabeth saca un CD de Morcheeba y lo pone en el equipo de sonido de la terraza, Roque le muestra las modestas instalaciones donde curten el cuero de las vacas que cazan tierra adentro. Mientras Malagueta se urga los dientes con un palillo de madera, Argenis siente el olor a orina, humo y cuero de ese otro lugar. *¿Qué coño es esto?* Contrario a los sueños con transiciones extrañas y agujeros en el tiempo y en las cosas, esta historia que se desarrolla en su interior es coherente y lineal.

Se levantaron de la mesa para ir a la sesión del día con Iván de la Barra. Argenis se quedó sentado, cerró los ojos para internarse en su visión, extendió la mano derecha para tocar a Roque y constatar la realidad táctil del barbudo y su mundo. Tocó el brazo húmedo y caliente del hombre que ahora le sonreía y abrió los ojos de golpe. Regresó a la mesa, a la terraza y a Giorgio, que había alzado la vista por encima de la revista para verlo haciendo aquella cosa extraña con su brazo y los ojos cerrados. Avergonzado, Argenis repitió el movimiento como quejándose de un dolor, con miedo a que Giorgio lo pensara loco. «Tantos días en la cama me han jodido el hombro», dijo disimulando y corrió para alcanzar al grupo.

Dejaron la sala a oscuras cuando cerraron las cortinas. Iván encendió el proyector y apareció en la pared el grabado 66 de *Los caprichos*. «En esta serie de grabados —además de hacer una fusión de técnicas— Goya presenta una sátira subjetiva que no se amarra a una sola lectura, desestabiliza los paradigmas sociopolíticos de su tiempo a partir de personajes y situaciones que oscilan entre lo pintoresco local y lo mitológico universal.» Un cuerpo andrógino y retorcido sostenía el palo de una escoba voladora sobre su cabeza y ocultaba tras de sí un cuerpo de formas femeninas más evidentes que también se asía al palo y desplegaba alas de murciélago que facilitaban el vuelo mágico. Con la voz de Iván en segundo plano, Argenis volvió a cerrar los ojos. Sintió sobre la piel el sol de aquella otra mañana abierta ante él.

Están de nuevo en el bohío, que es un solo espacio con varios catres y hamacas colgadas. Roque le pasa un pantalón de hilo crudo para que se lo ponga; sólo entonces nota que ha estado desnudo. «Si quieres comer tienes que trabajar», dice. Le entrega un cuchillo corto y señala el grupo que pela los cueros. Al acercarse, uno de ellos dice: «Regardez! Celui qui a survécu à la Côte de Fer», y le hala por el pantalón para que se hinque, al tiempo que le muestra el movimiento que tiene que hacer con el cuchillo sobre la piel.

Cuando Iván encendió la luz y dio por terminada la tanda, Argenis, atento a lo que seguía proyectándose involuntariamente en su cabeza, se afanaba sobre la piel que le habían asignado. A la hora del almuerzo, Giorgio les sirvió unos filetes jugosos que había tirado en la parrilla de la terraza. Los hombres con quienes pelaba los cueros también se detuvieron para comer porque el taíno los llamaba dando con una piedra en un cencerro.

Argenis trata de lucir tranquilo y se sirve agua de una jarra llena de hielo, mientras en su cabeza husmea detrás del bohío, donde se ahúman unas tiras de carne en parrillas de madera verde. Argenis ha visto esto antes en los libros de historia. Se echó el filete de Giorgio a la boca, estaba exquisito, pero el sabor de la carne salada y dura que su otra boca masticaba al mismo tiempo le quitó el hambre y dejó la comida sin tocar en ambos platos. Sus compañeros del Sosúa Project comparaban los gobiernos del PRD y el PLD: Elizabeth, que era hija de dinero viejo, y no del que se turnaban para robar los funcionarios públicos, acusaba a ambos partidos de implementar la política del corso. «Son todos unos ladrones, con permiso», dijo, tratando de provocar a Argenis, que era hijo de uno. Pero el pintor no se enteró. La palabra corsario le había hecho recordar al profesor Duvergé en quinto grado, cuando escribía en la pizarra negra las causas y consecuencias de las devastaciones de Osorio.

En 1606, el gobernador Osorio había mandado despoblar la costa norte de la isla para evitar el intercambio con contrabandistas ingleses, franceses y holandeses, quienes proveían a la población de lo que España no podía. Tras las devastaciones, varios poblados —entre ellos Puerto Plata, donde ahora estaba Sosúa— se convirtieron, gracias a su abandono militar y civil, en refugio de franceses, ingleses, náufragos y esclavos cimarrones, que se unían para sobrevivir, cazando el ganado vacuno salvaje, que abundaba, para producir cuero y carne ahumada, que negociaban con los contrabandistas que seguían deteniéndose en la costa. *Estos son bucaneros*, pensó Argenis en el compartimiento creado por la intersección de las dos pantallas que ahora manejaba. *Tengo la facultad de ver el pasado*, se dijo, *yo había oído hablar de esto, pero nunca me imaginé que fuera así.*

80

Se suponía que verían la película *Goya en Burdeos* mientras reposaban el almuerzo; Iván se excusó para hablar algo con Giorgio, y Elizabeth y Malagueta insistieron en ir al pueblo a dar una vuelta. Los Charamicos es un pueblo atrasado, sucio y pequeño que vive del turismo, es decir, de la prostitución, en sus múltiples avatares. El paseo fue corto y aburrido: un montón de tienditas de madera con pinturas haitianas, toallas y souvenirs que decían *Sosúa No Problem*. Argenis caminaba alelado reanudando el trabajo de pelar cuero, muy pendiente de los rostros ásperos que trabajaban en ronda al otro lado de su mente. El taíno era un hombre de movimientos pesados y cortos entrado en canas; el que le había dicho en francés «Côte de Fer» era un rubio de espalda estrecha, mentón saliente y bigotito de adolescente. Estaban el manco, un hombre de pelo y barbas negras al que le faltaba un brazo, un negro, al que decían Engombe, y Roque. Eran todos sacos de hueso y estrecha fibra, bajo una piel veteada por la permanente quemadura del sol.

Elizabeth grababa con una de sus cámaras el paseo por el ruinoso vecindario para «documentar», mientras Malagueta saludaba a algunas personas que lo conocían. Argenis descuidó la peladera de cuero en el mundo paralelo preso de súbitos complejos. *¿Qué hacían ellos enseñoreados en un barrio pobre? Fucking turistas culturales.* «Allez, allez», dijo el bucanero rubio, alentándolo a empezar a pelar otra vez, pero Argenis estaba muy ocupado sintiéndose fuera de sitio en la Sosúa del 2001. *¿Qué pasa si no hago lo que me dicen?* Como si hubiera escuchado su pregunta, Engombe le metió un puño en el oído que lo liberó de complejos y distracciones. Recogió el cuchillo y comenzó de nuevo, temiendo otro golpe del negro. *Me jodí, ¿y dónde se apaga esta vaina?*, pensó. En el camino de regreso a Playa Bo, Argenis se hizo el dormido en el carro de Elizabeth para terminar de pelar su cuero, luego de lo cual le habían dado un jarrito de aguardiente, que se bebió recostado de un guayacán al tiempo que miraba al aborigen almacenar las carnes ahumadas, ya frías, en un barril. Atardecía en el llano de los bucaneros con los mismos tonos que en Playa Bo, y para Argenis dos soles se escondieron en el horizonte. Experimentar estas dos realidades era como armar un rompecabezas en una mesa mientras se ven las noticias en la televisión; su presente era el noticiero, predecible e inofensivo, el mundo de los bucaneros era el rompecabezas, en el que tenía que enfocarse y del que levantaba la vista de vez en cuando sin soltar una o dos piezas. Los dos soles no competían por su atención, sino que aparecían el uno sobre el otro como dos negativos. Cuando desaparecieron, y con ellos la extraña película, Argenis sintió alivio y miedo en cantidades iguales; sin embargo, la preocupación y la curiosidad por lo que le había pasado duraron lo que dura la excitación por un sueño interesante. Arrastró una silla hasta el acantilado. Disfrutó a solas del paisaje oscurecido. En la terraza Iván y Giorgio bebían vino con las luces apagadas, escuchando una pieza en la que John Cage habla sobre una corbata. En la terraza, alguien encendió una vela y la luz atrajo la mirada de Argenis, que vio la cara ahora iluminada de su próspero mecenas de lejos; siguió las líneas negras de su boca y su mandíbula, haciendo la matemática de los colores a mezclar para lograr el color ladrillo que la llama de la vela adjudicaba a su piel. Hacía siglos que no miraba a nadie como ahora hacía con Giorgio, traducía cada detalle de lo que sus ojos percibían a los pasos técnicos requeridos para fabricar la copia. Argenis estaba pintando aquello en su mente, corrió hasta el frente de la terraza y les ordenó: «No se muevan». Iba por el camino oscuro hacia su cabaña, imaginando que aplicaba el color perfecto ya hecho; ya allí eligió los tubos de pintura que necesitaba. Regresó al acantilado con una silla, el pequeño caballete que lo había acompañado desde la secundaria y una lámpara de pilas que se acomodaba al borde del cuadro. Dio la espalda al mar para instalar sus instrumentos, miró hacia la terraza. Una selva playera de palmeras, uvas de playa y al-

83

mendros creaba una nube de grises oscuros alrededor de la casa, cuyo negro profundo se interrumpía sólo en el centro, donde la cara de Giorgio Menicucci, perdidas sus precisiones y su conexión con un cuerpo en la penumbra, era una máscara ígnea que flotaba en el aire. Frente a esta, Argenis decidió pintar otra, la cara con la que había regresado de la playa el día del accidente con la anémona y que Elizabeth había fotografiado. La cara anaranjada era altiva y hermosa; parecía dar una orden, que el monstruo deforme, a juzgar por la inclinación de la cabeza, acataría diligente.

Para la mala suerte de Argenis, al día siguiente el cuento de los bucaneros había retornado. Tan pronto abrió los ojos, la extraña manivela que movía a aquellos fantasmas en su mente se había activado, y al igual que el día anterior, todo concatenado y real. Se había quedado en su cabaña haciendo esfuerzos por deshacerse de las mismas, respirando profundo, haciendo lagartijas, dándose una ducha fría. Nada había logrado contra el indio que le pasaba una batata con leche y el negro que lo llevaba a una pileta de piedra donde el francesito, que volvió a saludarlo como «… qui a survécu à la Côte de Fer», meneaba los cueros ya pelados con una viga en un líquido oscuro. Argenis cogió otra viga e imitó el movimiento del francés. El negro lo miraba con el puño cerrado pero Argenis hacía el trabajo bastante bien. Concentrado en aquella actividad repetitiva y comenzando a preocuparse en serio, decidió salir de su habitación.

Cuando entró, tarde, a la sesión con Iván, en la pared había un fotograma de la película *Cremaster 2* de Matthew Barney en el que el escritor Norman Mailer interpretaba a Houdini.

La profesora Herman había dedicado una clase completa al trabajo de Barney. Iván de la Barra hacía ahora notar la conexión de sus instalaciones, vídeos y esculturas con la obra de Goya, la compartida sensibilidad por lo sublime terrible y la elaboración de mitologías enraizadas en la cultura popular. Iván había visto *Cremaster 2* en el Museo Reina Sofía de Madrid un año antes y Elizabeth la había visto en Chicago en el 99. Malagueta, que nunca había salido de la isla, y Argenis, que lo más lejos que había ido era a un campamento de niños revolucionarios en Cuba, tenían que conformarse con que les contaran la película. El cremáster es un músculo que se encarga de subir o bajar los testículos en respuesta a los cambios de temperatura, y el hilo conductor del ciclo de cinco películas es el proceso de diferenciación sexual en el embrión. En *Cremaster 2* el organismo se resiste a la diferenciación creando un drama que Barney narra como un western surreal, según Iván, construyendo una biografía poética del asesino americano Gary Gilmore. «En un ejercicio de libre asociación espectacular, Gilmore fue ejecutado en 1977, fue el primero en sufrir la pena de muerte tras ser restituida en Estados Unidos. Supuestamente, el padre de Gilmore era hijo de un mago famoso que pasó por Sacramento, posiblemente Houdini. La madre de Gilmore era mormona y uno de los símbolos de los mormones es el panal de abejas.» Iván escribía estos datos en la pizarra. «Lo que ha hecho Barney es tamizar esta información a través de una propuesta estética abstrayendo las conexiones que devienen en símbolo y ritual», decía el cubano haciendo clic para mostrar otros fotogramas.

Las pieles libres de pelo y carne iban acercándose a su color y textura final al fondo de la pileta con alumbre y sal. El francesito se sacó un maní con cáscara de un bolsillo y se lo comió. Sus manos ennegrecidas por el trabajo y la falta de higiene ofrecían una sensación de realidad mucho más consistente que los esfuerzos de Iván por adjudicar genialidad a las películas de Barney. Al terminar la sesión, Argenis acompañó a Malagueta a buscar un libro sobre el *Cremaster 2* en la biblioteca de Giorgio y Linda, un mueble de tres metros de alto que había en la sala de la casa. Mientras Malagueta se subía a una silla para sacar el libro, Argenis echaba una mirada a la colección y se sorprendía al hallar que uno de los tramos estaba lleno de volúmenes sobre los bucaneros, las devastaciones y el contrabando y la piratería en el Caribe. Este tipo de coincidencia debía de tener un nombre. Cuando escuchaba un término por primera vez, surgían «de la nada» un chorro de referencias, información y menciones sobre el mismo, como si el universo materializara las herramientas de aprendizaje o como si aprobara un trayecto específico de conocimiento. Linda estaba en la terraza y Malagueta se había acercado a ella para avisarle de que se iba a llevar el libro a su cabaña y que Argenis se iba a llevar otros. Tras el accidente con la anémona, Argenis había reaccionado como un gato quemado por el veneno de un sapo y evitaba a Linda como podía. «Giorgio dice que pintaste algo increíble anoche», dijo la mujer, acariciando a Billy con el dedo gordo del pie. «¿Puedo verlo?» En otra ocasión Argenis habría llevado a Linda a su taller haciendo cerebro durante el camino con la idea de su pene entrando y saliendo de su precioso culo. Pero algo había pasado debajo del agua y ahora sentía una repulsión extraña que conectaba los libidinosos deseos que le llevaron a meterse en el nido de anémonas con la desagradable experiencia posterior.

Ya en el cuarto, ella quedó complacida con la pintura. «Es excelente», dijo, y añadió, guiñándole un ojo: «Si ocurre una hecatombe que acabe con la tecnología, la electricidad y los documentos digitales, tu obra sobreviviría. ¿Dónde quedaría la de estos videoartistas y performanceros?».

Linda Menicucci tenía una vocación apocalíptica y trataba todo, hasta las obras de arte, como especies que debían ser medidas por su capacidad para sobrevivir en la tierra. Había accedido a apadrinar a estos artistas porque su marido le había asegurado que recuperarían la inversión y que las ganancias ayudarían a empujar el proyecto de protección ambiental de Playa Bo. Tenían pensado comprar varios kilómetros más de playa y seguir con las investigaciones científicas para identificar todas las especies que se reproducían en sus arrecifes de coral. Aunque el gobierno había protegido parte de dichos arrecifes, la falta de recursos hacía casi imposible la implementación de las leyes protectoras, dejando a cientos de especies a merced de la pesca indiscriminada, la construcción y la contaminación. Argenis entendía ahora que la única fuente del interés de Linda por él era la misma que él sentía por ella y su esposo: el dinero, que ella necesitaba para salvar sus pececitos y con el que él podría, en su proyecto de felicidad futura, vivir metiendo perico, pintando y pagándole a cueros para que le mamaran el güevo sin que nadie lo jodiera.

En este sentido, aquella dama de sociedad y él eran iguales. Argenis hubiese disfrutado este pequeño triunfo más si no fuese porque en su otra vida lo forzaban ahora a sacar los cueros de la pileta para orearlos: la operación demandaba casi toda su atención. Los brazos le temblaban por las tres horas de ejercicio continuo, con Engombe, el negro, como siempre, al acecho. Acompañó a Linda a la puerta y la vio bajo esta nueva luz, pudo divisar las arrugas que el sol y la excesiva preocupación por una causa —a los ojos de Argenis perdida— le habían sacado. Cerró la puerta, miró el reloj para confirmar que era la hora del almuerzo y se tiró en la cama. Se quedó dormido, frito del cansancio.

Inmune a su sueño, la actividad de los bucaneros prosiguió. Después de tender y masajear los cueros, Roque, desaparecido durante gran parte del día, surge de entre la maraña del norte acompañado del manco y anuncia que hay un galeón inglés en la costa y que los esperan al día siguiente para negociar. Saca dos botellas de vino del macuto que lleva al hombro como prueba y una camisa que le pasa a Argenis. «Regardez, survivant à la Côte de Fer...», vuelve a decir el francesito, a falta de un nombre con el que llamar al nuevo integrante, y le hace señas de que se ponga la camisa. Beben pasándose las botellas al calor de un fuego que prepara el indio, que se esmera en ofrecerle las mejores piezas de casabe y carne de cerdo a Argenis, a quien se le cierran los ojos en ese mundo justo antes de despertarse en este.

Al parecer, la vaina era para largo y no había forma de desconectarse. Al contrario que la noche anterior, las visiones lo habían dejado lleno de preguntas. *¿Era una encarnación pasada? ¿Era esquizofrenia? ¿Brujería?* Si sus mecenas se enteraban de esto lo iban a sacar del proyecto, y ahí sí que anotaba, *loco, arrancao y arrimao en casa de su mai.*

Cállate la boca, se dijo, y salió al fresco de la noche en Playa Bo con el libro *Bucaneros de América* de Esquemelin bajo el brazo, persiguiendo el sonido de la música que provenía de la terraza. Al cruzar las palmeras enanas que dividían el área de las cabañas de la casa alcanzó a oler la marihuana que fumaban Iván y Giorgio hablando en susurros; se había prometido dejar la coca durante el proyecto, pero no iba a decirle que no a una yerbita. Al verlo aparecer Giorgio se levantó nervioso y dijo a Argenis: «Monsieur, pruebe esto», pasándole el joint. Miró la tapa del libro que el otro puso en la mesa. «¿Te interesa el tema? Esto estaba lleno de bucaneros», dijo, e hizo un gesto que recorría lo que veían los ojos; Iván añadió, mientras botaba el humo que tenía dentro: «Debe de estar lleno de muertos». El cubano tenía un documento de Word abierto en su laptop que decía en helvética bold: *Notas para Olokun*; al cerrarlo apareció el primer grabado de *Los desastres de la guerra*, que lucía como wallpaper de su desktop. «¿Te gusta el grabado?», preguntó sin

quitar la vista de la pantalla. Argenis le explicó que
había tomado clases y había trabajado la técnica en
la escuela, aunque nunca había tirado una serie profesional. Para entonces Giorgio había llenado la
copa del pintor y levantaba la suya diciendo: «Para
que los espíritus de los bucaneros nos traigan suerte». Argenis iba por la segunda jalada, y la yerba hi-
dropónica, de una potencia superior a la que estaba acostumbrado, le dio duro. Giorgio relataba las
peripecias de un amigo que llevaba veinte años pei-
nando las playas de Puerto Plata con un detector
de metales tras la pista del tesoro del pirata Cofresí.
El tipo había dejado esposa, hijos, trabajo, seguro
de que un día iba a toparse con el botín enterrado
por el gran ladrón de mar. Iván, arrebatado, tosía
la risa, diciendo: «Asere, ¡qué comepinga!». Argenis
abrió el libro al azar para poner los ojos en algo,
para evadir las miradas, preso de un ataque de pánico. En su testimonio sobre la vida de los filibus-
teros y bucaneros de América, Esquemelin había
incluido el convenio que protegía a los piratas li-
siados: «Por la pérdida de un ojo, cien escudos o
un esclavo. Por la pérdida de la mano derecha, doscientos escudos o dos esclavos. Por la pérdida de
los dos pies o las dos piernas, seiscientos escudos o
seis esclavos». La lectura competía con las conexiones que Argenis hacía en su mente. *Se refieren a mí,
nunca voy a conseguir triunfar, los bucaneros muer-*

tos han venido a buscarme, los grabados de Goya son una señal, me van a mutilar, y así por el estilo. Giorgio notó que Argenis la pasaba mal y le dijo: «Maestro, relájese». Se puso detrás de él y comenzó a darle un masaje en el cuello. *Me van a violar estos maricones,* pensaba Argenis, *por eso Iván dijo comepinga; maldita yerba.* El masaje comenzó a surtir efecto y una vibrante pesadez fue halando hacia abajo cada miembro de su cuerpo, la vibración sonora colonizó al diálogo interior, habilitó un silencio sobre el que fluctuaba un zumbido grave y lento. En ese amplio escenario se proyectaron hologramas fugaces: se vio de pequeñito correr hacia su papá, que llegaba a buscarlos a él y a su hermano para la visita obligada de un fin de semana sí y otro no. Cuando su papá lo levantó, él le agarró la cabeza con la dos manos y lo besó en la boca. Su papá lo tiró al piso con violencia, mirando a todos lados, diciendo: «¿Tú eres pájaro, eh?». Sintió igualitos el dolor y el miedo de aquella tarde, al tiempo que las diminutas partículas de luz que formaban el recuerdo, víctimas de un milagro atomizador, desaparecían. Abrió los ojos y el masaje había terminado. Giorgio cambiaba el CD en cuclillas frente al aparato de música y el cubano amarraba la bolsa de basura junto al grill para sacarla fuera diciendo: «Chico, si dejamos esto aquí van a venir las moscas».

Tras entender que los bucaneros le daban vacaciones de noche y que el día les pertenecía aun en sueños, Argenis decidió esperar a que saliera el sol para echarse en su cama. Estaba síquicamente agotado y no le importaban mucho las teorías de Iván sobre Goya. Tan pronto como se quedó dormido, se vio junto a los hombres de Roque, caminando por una manigua de uvas de playa y cambrón.

El manco abre el paso usando una cimitarra con su mano buena. Llevan unos cien cueros curtidos en rollos de diez cada uno, dos barriles de bucán, un saco de sal en grano y batata. Cruzan la última frontera vegetal y salen a un arrecife color ceniza, caminando sobre el mismo hacia el oeste. Llegan a un acantilado por el que bajan con la mercancía. Están en Playa Bo. La playa de los Menicucci es casi irreconocible, poblada de múltiples cardúmenes, los peces se arremolinan en centenas, algunos alcanzan el metro y pueden cogerse con la mano. Un galeón con las velas recogidas fondea a poca distancia de la orilla y dos botes de remo se acercan a recogerlos.

Ya en cubierta, el capitán, un inglés de uñas higiénicas y dientes amarillos que acaba de saquear un rescate español rumbo a Nueva España, hace el recuento de las cosas que Roque había solicitado el día anterior a cambio de los cueros. Veinte botellas de vino, un costal de harina de trigo, dos pares de botas, dos sombreros de felpa, un cofre, pólvora, hebillas, dos arcabuces largos y una suerte de mesa que sacan por la escotilla tres hombres con esfuerzo. El capitán retira el lienzo que cubre el aparato y devela una imprenta.

Con la prensa vienen tres rollos de papel, planchas de madera y todos los aparejos necesarios para hacer grabados, excepto tinta.

El trámite se completa. Roque promete entregarle cien cueros más a su vuelta de Bayamo, Cuba, donde el pueblo —abandonado por la política de puerto único de España, en la que sólo La Habana y Santiago podían recibir naves comerciales— recibirá al contrabandista como a un héroe. Les toma la mitad del día trasladar la pesada máquina al bohío. Roque evade las quejas alegando que los habitantes españoles de la isla, tan necesitados como los bayameses en Cuba, querrán adquirirla por mucho más de lo que han pagado ellos. El indio, que se había quedado cuidando el asentamiento, los recibe con alegría y les notifica que hay unas doscientas cabezas de ganado en un claro cercano. Su español es torpe y se entiende sólo con Roque; con los demás se comporta como el cacique venido a menos que probablemente es. Roque ordena la construcción de otro bohío para albergar la imprenta. El manco y el francesito se hacen con sendas hachas y se internan hacia el sur buscando el bosque.

Roque, Engombe y Argenis se dirigen al lugar donde el indio ha visto las reses, armados con uno de
los arcabuces nuevos, una bota de vino y varios cuchillos. Sin mediar palabra, Engombe, que lleva el
arcabuz, se aleja del grupo y camina sigiloso hacia
el este. Unos pasos más adelante, Roque y Argenis
divisan los animales, que pastan en paz al pie de una
loma, y a Engombe, que ha alcanzado el extremo
derecho del promontorio y carga el arma para empezar la matanza.

Argenis despertó al primer disparo. Presa de un
sentimiento tétrico y excitante a la vez, Argenis se
sentó en la cama, viendo cómo caían las reses presa
de las balas que Engombe, de bien cerca, metía en
sus cabezas. Las demás, tontas y pesadas, corrían
en círculo. Roque le explicaba que ahora desolla-
rían unas cuantas, que mañana las vacas volverían a
pastar en el mismo sitio y matarían unas más. Engombe y Roque trabajaban sobre los cadáveres con
rapidez y precisión, cortando en cruz, hundiendo
el cuchillo desde la garganta hasta el ano, y luego
de una pata a la otra. Cuando todos los cuerpos estuvieron abiertos empezaron a desprenderles la piel,
con la ayuda de Argenis, que garabateaba con un
carboncillo sobre una tela que había desenrollado
en el piso de su taller. Con la vista nublada por el
olor caliente de la sangre, que se le coagulaba encima en el lejano pastizal, alcanzó el Cadmium Red

de Winsor & Newton y apretó el tubo de pintura como una pasta de dientes directamente en la punta de la brocha. *brush*

El jardinero

[nota manuscrita: Nenuco — jard. para extranjeros ricos]

Con el agua así de clarita era fácil sacar pulpos de debajo de las piedras, estrellas de mar y lambí. Wi- *[nota manuscrita: panas]* llito había venido solo porque ninguno de sus pa- *[nota manuscrita: uduroy]* nas se atrevía a meterse en la playa de Nenuco. La última vez que un grupo se puso a pescar allí, Pachico salió con un tiro en la nalga y en la policía le dijeron que estaba dentro de la propiedad de Nenuco y que este tenía derecho a dispararle.

Nenuco era un hijo de la gran puta, con más pescao en su poza de lo que él y su familia podían comer o vender, y Willito tenía dos hermanitos y un abuelo enfermo: para mantenerlos se la buscaba vendiendo lo que sacaba de los arrecifes de coral a los gift-shops y restaurantes de Sosúa.

La poza que formaban los arrecifes de Playa Bo *[nota manuscrita: poza—]* estaba repleta de animales porque, al contrario que los otros arrecifes, tenía un loco con escopeta que no dejaba que nadie se le acercara. *Es mejor así,* pensó el muchacho. Él solo, sumergido con escafandra, chapaletas y arpón, haría menos ruido.

Había salido a las cinco de la mañana, cuando todavía estaba oscuro. Bordeó en la yolita de su abuelo toda la costa y dejó la pequeña embarcación anclada detrás de un peñón para saltar y nadar hasta el tesoro natural con los primeros rayos de luz. Willito había estado allí tres veces más; conocía el camino al interior del arrecife por debajo del agua, un hueco en la piedra de varios metros de largo y dos pies de ancho, por el que Pachico le había enseñado a pasar sin que lo quemaran las anémonas.

Willito se había puesto el cinturón de pesas para no salir a flote. Avanzaba impulsado por las chapaletas y sostenía el arpón con ambas manos, hasta que logró colocarse frente al túnel en la roca y vio un cuerpo humano, un muerto, metido en el hoyo. El miedo pudo más que las pesas y salió a la superficie manoteando y gritando como si no supiese nadar. Con los ojos llenos de agua vio a Nenuco en calzoncillos, de pie sobre el arrecife, apuntándole con la escopeta. «Hay un muerto en el hoyo, Nenuco, no me mates», gritó Willito. «Vete de aquí», dijo el hombre de frente ancha y ojos chinos, «pa no volate lo seso, hijo e tu maldita mai.» Willito llegó a su yola de tres brazadas, con un terror que no tenía nada que ver con la escopeta de Nenuco. Contó a Pachico, quien todavía cojeaba, lo que había visto y fueron al destacamento otra vez, a vender la idea de que Nenuco había matado a alguien y había escondido el cuerpo en el hueco. El cabo Fonso no les hizo caso hasta que a la semana de jodienda ininterrumpida decidió echar un vistazo.

A Fonso, Nenuco nunca le había caído bien. Aunque era el dueño del terreno frente a Playa Bo, el agua no era de nadie. A pesar de eso, sus superiores le habían dejado bien claro que Nenuco tenía gente en el gobierno y que con él no podían meterse. La propiedad de Nenuco tenía tres tareas de tierra en la costa misma, con una parte de tierra negra buena para sembrar, donde él y su familia cultivaban plátano, yuca, auyama y aguacates, y otra de tierra roja y arrecife donde abundaban los almendros, uvas de playa y cocoteros. En realidad, la dueña de la tierra era Ananí, la prima con la que Nenuco se había casado, una pequeña mujer regordeta de color canela y pelo negro muy lacio que había heredado de sus padres.

Los troncos de los cocoteros que crecían a ambos lados de la vereda hacia Playa Bo estaban pintados de rojo, con letras blancas que decían «Balaguer 90-94», vestigio de la última campaña electoral. Las estacas de la empalizada de Nenuco también estaban pintadas del color del partido de gobierno y en la puerta de su caney había un afiche con una foto del «Doctor» dando un discurso. Fonso parqueó el motor Honda 70 a la vera de la casa y saludó, quitándose la gorra, a la mujer que limpiaba una ponchera de arroz sentada en una mecedora en la entrada. «¿Qué desea?», le preguntó Ananí. Se deshizo de un grano defectuoso y lo lanzó hacia el frente de la casa. «Vine a hablar con don Nenuco», dijo Fonso, y se asomó a la puerta de la pequeña cocina, que olía a pescado fresco y limón. Nenuco limpiaba un mero con agilidad, y echaba las huevas a un gato anaranjado en el piso. Al fondo de la sala una chica veía *El gordo de la semana* en la televisión: un concursante tiraba el Dado de la Suerte Knorr, aspirando a ganarse una nevera, un cuchillo eléctrico o una tostadora. «¿Le dieron queja de mí, Fonso?» El cabo se sentía idiota y replicó: «Esos muchachitos inventan muchas cosas». «¿Y qué se inventaron ahora?», preguntó Nenuco, dejando la labor para coger una taza de peltre y ofrecerle café. «Disparates», dijo Fonso, que se tomó el café sin volver a poner el tema, y habló en vez de las pequeñas noticias de la semana, viejos que morían, madres que parían, peleas con machetes por una empalizada puesta un metro más allá de lo especificado en el título. Nenuco, por su parte, ilustraba al cabo sobre las nuevas mansiones que rusos y australianos construían por todo Puerto Plata y en las que él se empleaba desde hacía años como jardinero, para añadir un flujo de efectivo a la economía familiar. El hijo de Nenuco, un muchacho achinado como el padre y con la melena chorreada de la madre, trajo un racimo de plátanos verdes y una funda de casabe para el cabo, como lo tenían entrenado hiciera con las visitas. Fonso dio las gracias y pidió permiso para ir a la letrina. Junto a la caseta de madera que la albergaba en la parte trasera del caney vio una pileta de cemento pintada de azul llena de un líquido blanco. Contra la pileta había una pila de cocos tiernos a los que habían retirado la carne. *¿Para qué querrán tanta leche?*, se preguntó el cabo y amarró el racimo de plátanos a la cola del Honda 70.

Tan pronto como el ruido del motor de Fonso se diluyó en lontananza, Nenuco abandonó sus tareas culinarias y corrió a la pieza del fondo, donde en una cama levantada sobre cuatro blocks reposaba un hombre cubierto con una sábana blanca. Sobre su cuerpo pendía, de un hilo de gangorra del techo, un cemí de algodón amarillento. En la madera sin pintar de la pared del fondo había una cruz encerrada en un círculo hecha con tiza blanca. De uno de los vértices en el centro de la cruz surgía una línea que serpenteaba en diagonal. *Si el cabo entra aquí se espanta, tan pendeja que es la gente*, pensó Nenuco, al tiempo que levantaba al hombre semidormido y lo colocaba sobre su hombro para ayudarlo a caminar. En el patio, Ananí se arrodilló frente al huésped, que avanzaba desnudo apoyándose en su marido, para decirle las palabras que le habían enseñado y con las que debía recibir al que viene del agua: «Bayacú Bosiba Guamikeni». Metieron el cuerpo en la pileta con suma suavidad. Lo sumergieron hasta el cuello y echaron leche de coco con una jícara sobre los lunares que hacían círculo en su coronilla.

moles

Ananí había nacido en el agua; no como el Gran Señor al que bañaban ahora, pues este no había nacido de mujer. Mama Guama, la vieja ciega que todavía vivía con ellos, la había parido en la poza de Playa Bo sin la ayuda de nadie. El papá de Ananí, Jacinto Guabá, había desaparecido por órdenes de Trujillo, que quería quitarle las tierras para añadirlas a las que había ofrecido a los judíos que acogió durante la guerra grande. Al final, algo hizo reflexionar al tirano y les dejó una cuarta parte de la propiedad, justo la que contenía Playa Bo.

Desde entonces Ananí no quería saber de política. Nenuco tenía que convencerla de que no desdeñase los regalos que le enviaba el actual presidente desde la capital. En Navidad llegaba una camioneta rotulada con el logo del Partido y cargada con sacos de arroz, vino, manzanas, chocolates, bicicletas, pelotas y muñecas para los niños y algún electrodoméstico, siempre acompañados de una tarjeta firmada por el Excelentísimo para la Princesa Ananí, solicitando sus preciadas bendiciones. La reacción era siempre la misma: Ananí rompía la tarjeta y tiraba los pedacitos en la letrina, luego ordenaba a Nenuco que repartiera todo entre los vecinos, excepto los juguetes, que conservaba para Guaroa y Yararí, sus dos hijos.

No aceptaba los regalos porque para ella Balaguer era cómplice de la muerte de su papá, y se deshacía de las tarjetitas porque Ananí no quería saber de letras, decía que eran pura guata, basura, mentira. Cuando era pequeña y la asistencia a la escuela se hizo obligatoria, Ananí fue al liceo y aprendió letras y números. Gozaba viendo las imágenes de sus antepasados en las ilustraciones del libro de historia, cazando, sembrando, pescando y bailando areítos, y sabía, además, que cuanto estaba escrito allí no era correcto. El libro decía que para 1531 quedaban menos de seiscientos taínos y que pocos años después habían desaparecido por completo. Su familia, descendientes de caciques y behíques, había sobrevivido como muchas otras en la República, con las que mantenían contacto para casar a los jóvenes y realizar los rituales reglamentarios. En el libro nada se decía de los hombres del agua, que venían cada cierto tiempo a ayudarlos, ni del poder que los españoles habían robado a los arawacos, con el cual doblegaron a las demás tribus del continente. A Ananí le habían enseñado a no hablar de estas cosas con nadie, y ella había acatado la orden. Abandonó la escuela en cuarto grado. Nenuco llegó hasta octavo; sus padres decían que para lidiar con los dormidos había que saber lo que pensaban.

Nenuco había nacido en Barahona, al sur de la isla, donde su padre, tío de Ananí, había ido a casarse con una descendiente de Enriquillo. A Nenuco lo habían enviado en una guagua a los diecisiete años, en 1973, con un bulto de ropa, una pechera de oro, un machete, una tijera de cortar yerba y el cemí de la familia, a casarse con su prima.

Lo primero que hizo al llegar a Playa Bo fue sembrarle de flores el frente del caney, cayenas rojas, amarillas y blancas que brotaron con la salud y la belleza de todo lo que Nenuco metía en la tierra. Él no le hablaba directamente, sólo a través de Mama Guama y del jardín que, poco a poco, construía alrededor de la casa.

En medio de la resequedad playera, el jardín florecía a la sombra de los almendros, rosas y bromelias, palmas enanas y helechos que Nenuco sacaba de los jardines que embellecía en las casas y hoteles donde había conseguido trabajo. Cuando estuvo lista y enamorada, Ananí le regaló una potiza de barro en forma de corazón, de cuyas tetas surgía un pene como símbolo de la unión de unos cuerpos que dejarían de ser macho y hembra para convertirse en un solo órgano que latía.

Pero más allá del amor y los hijos, los unía el cuidado de la playa del Gran Señor, Playa Bo, donde vivía la criatura más preciada y sagrada de la isla, la puerta a la tierra del principio, de donde también surgen los hombres de agua, los cabeza grande, cuando el tiempo los necesita. Por eso, cada verano, Nenuco prestaba especial cuidado a la poza y monitoreaba el túnel poblado con las anémonas que parirían al fenómeno.

La supervisión se había vuelto rutinaria hasta que un día, una yema de un pie de largo le brotó a la anémona central durante la noche. Mama Guama, ya ciega, bajaba cada tarde con su yerno a la playa a tocar un fututo, y daba gracias a Yocahú, el creador, por haberla mantenido viva para la llegada del milagro. Nenuco dormía en la playa con una escopeta al hombro para proteger el nido de los chamaquitos que esperaban la primera hora para meterse a pescar en la poza, y que con sus anzuelos y arpones podían herir al enviado, frágil aún como un embrión bajo el agua.

Willito había tenido la mala suerte de toparse con ese cuerpo a medio hacer y Nenuco no lo había matado porque conocía a su abuelo, rogando que el muchacho no se pusiera a hablar mierda en el pueblo.

Yararí tenía catorce años y estaba harta de tanta
ceremonia y tanta vaina rara. No quería pertenecer
a aquel mundo de misterios y habladera en susurros de sus padres y había convencido a Ananí de
que se quedara con un televisor Sony Trinitron que
le había mandado Balaguer la última Navidad. No
la convenció exactamente: la amenazó con matarse
si no la complacía. Por las tardes paseaba en bici-
cleta por el frente de las casas de los ricos e imaginaba que vivía en una de ellas. Al contario que su
hermano, no sabía ni media palabra de taíno; la escuela le encantaba, sobre todo el profesor de inglés, que era un sacerdote gringo de ojos azules.
Cuando Nenuco subió de la playa una tarde con
un hombre en brazos y, al pisar la casa, pidió a todos que se hincaran, ella se quedó viendo a la Coco
Band, que tocaba en vivo en la *Súper Tarde* del Canal 9, con los pies encima del sofá. Mama Guama le
suplicaba: «Muchacha, baja eso», y ella, de maldad,
subía el volumen un poquito y decía: «Ya lo bajé».
Lo peor era que ella y Guaroa ahora tenían que
dormir en las hamacas de la sala para dejarle la pieza al jodío enfermo. Estaba segura de que el tipo
era sólo un turista borracho que su papá había res-
catado de las olas, aunque llevaran una vida ense-
ñándole otra cosa. Yararí elegía lo que quería creer,
y cada vez que se guayaba los nudillos lavándole
los pantalones a su papá y a su hermano, maldecía

a la madre por haber regalado la lavadora coreana que le habían enviado de regalo con la televisión. Tendiendo la ropa en la empalizada estaba cuando Willito, cuya curiosidad no se había saciado con la visita de Fonso, pasó por su frente montado en un mulo. Él la había visto antes cuando ella salía de la escuela del pueblo, delgada y enérgica, con teticas que crecían aún y la melena negra besándole las nalgas. Ella ni lo miró, lo despreció porque andaba encima de un animal. Willito se dio cuenta. Al otro día pasó en un motor San-Yan que le habían prestado, sólo que esta vez Yararí no estaba afuera y quien lo vio fue Nenuco, que pensó que el ladroncito seguía averiguando sobre lo que había visto en el arrecife.

Tenemos que acelerar esto, se dijo el jardinero.

Esa noche, cuando todos estaban dormidos, llevó un espejo de mano al cuarto del recién llegado, que había botado las escamas en los ojos y estaba sentado en el borde de la cama. Hablando muy quedo, Nenuco le dijo: «Te estábamos esperando, viniste de muy lejos a salvarnos, lucero del agua, ahora te voy a ayudar a recordar». El tipo no decía nada. Parecía asustado, confundido, movía los ojos en muchas direcciones, como si viera cosas que no estaban en la habitación con ellos. Nenuco le puso el espejo en la mano y la guió para que lo colocara frente a su cara, de ancha mandíbula y cejas oscuras. «¿Dónde estoy?», preguntó con una voz dulce y ronca. «Estás en Playa Bo, en Sosúa, República Dominicana.» Hizo el gesto de levantarse pero no tenía fuerzas todavía. Nenuco lo obligó a meterse en la cama otra vez, prendió un abaniquito de pedestal Oriental y apagó la bombilla eléctrica al salir.

La mirada del hombre pasó de su pene, que reposaba de lado sobre los testículos, a la ventana frente a la cama, por donde el olor del Atlántico penetraba la habitación a oscuras. Las olas arremetían contra el acantilado y el sonido recurrente le trajo la imagen de una mujer que sangraba por una herida en la barriga y que lo miraba a los ojos con una mezcla de resignación y urgencia. «Esther Escudero», dijo sin saber lo que significaba aquello, aunque encontró cierta familiaridad en su propia voz. El perfume marino trajo consigo otros recuerdos: un animal de tentáculos al fondo de un recipiente, una greca de café humeando, un pene que entraba en su boca. «Esther Escudero», volvió a decir, y la resonancia de su voz en sus huesos y en el mundo exterior lo hizo consciente de los límites de su cuerpo y de los objetos que lo rodeaban. Repitió el nombre varias veces. Atrapó, como si las últimas letras del mismo fuesen un anzuelo en el fondo de su cabeza, migajas de imágenes que, cuando estaban a punto de coagularse, se deshacían otra vez en el vacío. Dijo: «Abanico», y vio las hélices rosadas del aparato que daban vueltas y vueltas mientras se levantaba desnudo rumbo a la luz de la sala. Yararí estaba sentada en el sofá, en el televisor. Al Pacino pedía pizzas para sus rehenes de *Dog Day Afternoon*. Él se sentó junto a ella, miró con curiosidad la pequeña pantalla, los muebles, los cacharros colgados de clavos en la pared de la cocina y el calendario Nestlé de 1991. Sin dejar de ver la película, Yararí cerró su mano alrededor del pene color aceituna y la movió con diestra cadencia; cuando estuvo duro se sacó los pantaloncitos y se le sentó encima sin dejar de mirar hacia la tele, ayudándose con la mano para metérselo ella misma de una y luego subiendo y bajando mientras él la guiaba con las manos en su cintura. En unos minutos la llenó de leche. Un frío en la cabeza lo llenó a él con su pasado. Justo antes de venirse, la cara de Eric Vitier, diciéndole: «Eres el elegido», se había disparado cual corcho de cava, seguido por la espuma coherente de sus días en el Santo Domingo de 2027. Igual que un rato antes había dicho el nombre de la sacerdotisa, dijo también el suyo: «Acilde Figueroa», y su mente, reaccionando al password, hizo asequibles todos sus contenidos, mientras la hija de sus anfitriones se subía los pantalones y cambiaba de canal.

Update

¿Tengo dos cuerpos o es que mi mente tiene la capacidad de transmitir en dos canales de programación simultánea?, se preguntaba Acilde con la vista fija en el pequeño collar de perlas falsas que llevaba la enfermera que le cambiaba el suero. Frente a su cama de hospital se proyectaban las noticias del día: «Durante una redada en Villa Mella tras la pista de los dirigentes de la organización terrorista pentecostal Siervos del Apocalipsis, la Policía Especial encontró por accidente a uno de los sospechosos involucrados en la muerte de Esther Escudero, líder religiosa africanista y amiga personal del Presidente, quien fue asesinada una semana antes durante un robo en su residencia. El sospechoso, Acilde Figueroa, quien según su huella de identidad digital era de sexo femenino, resultó ser un hombre y se hallaba amarrado a una cama inconsciente y en estado de deshidratación junto al cadá-

ver del doctor Eric Vitier, quien al parecer sufrió un fallo respiratorio horas antes. También encontraron una anémona de mar, valorada en unos sesenta y cinco mil dólares. El espécimen ha sido trasladado a un laboratorio privado, donde recibe cuidados especializados». Fotos felices de Acilde, Eric, Esther y Morla que nada tenían que ver con lo narrado se sucedían sobre la noticia: Acilde en un cumpleaños, Eric el día de su graduación de la escuela de medicina en Cuba y un selfie de Morla con un t-shirt amarillo de Los Indiana Pacers.

Un helicóptero aterrizaba con ruido en el techo del hospital. Afuera, junto a la puerta entreabierta, el policía que lo vigilaba se espantaba los mosquitos con la mano y veía un juego de pelota en una tableta vieja. Acilde caminó hasta el baño sin ayuda. Se levantó la bata para mirarse al espejo, complacido con los resultados físicos de la droga: la nueva anchura de la espalda y los antebrazos, la desaparecida acumulación de grasa en las caderas, el triste saquito de los cojones y unos pechos finalmente incapaces de amamantar a otro ser humano. Pensó que tal vez esa vida en la Sosúa de fin de siglo XX que se desarrollaba en su cabeza era un efecto secundario de la Rainbow Bright. Allá, en la casita de campo de los indios que le hacían reverencias, frente el espejo que colgaba de un clavo sobre la llave de agua en el patio, se aseguró, como una comadrona hace con un recién nacido, de que a ese otro cuerpo no le faltaba nada. *Es idéntico,* pensó embelesado, y se pellizcó las tetillas y las nalgas afiladas en esa fotocopia suya de 1991, mientras abría y cerraba la boca, y decía «tengo hambre», y comía con los dedos el pescado frito que un Nenuco de ojos esperanzados le ofrecía en un plato Duralex.

Satisfecho, emprendió el camino de vuelta a la cama de hospital. El guardia abrió la puerta con la formalidad y eficiencia del que tiene superiores cerca. Un inmenso mulato pelirrojo, en un jogging-suit Adidas rojísimo y con una cadena de oro de la que colgaba el Santo Niño de Atocha, entró con dos guardaespaldas encorbatados. Tronó los dedos para que sus cuidadores salieran de la habitación, arrellanándose en el único sofá.

Se mordió una uña, la escupió y preguntó: «Entonces, ¿tú ere' el bujarroncito que va a salvar al país?». Acilde no respondió, alcanzó la cama con esfuerzo, avergonzado de la batita con la que el Presidente de la República lo había sorprendido. «Esther Escudero era mi hermana, mariconcito», dijo, y cerró los puños. Luego añadió, poniendo nervioso a Acilde con su voz de Balaguer y su pinta de Malcolm X: «No te mando a romper el culo a batazos porque le prometí, le juré, que pasara lo que pasara íbamos a facilitarte la ayuda necesaria para que realizaras tu misión».

Al parecer todo el mundo, en el pasado y en el presente, esperaba algo muy importante de él, y frente a Said Bona, Acilde sintió la súbita necesidad de fingir que sabía de lo que le hablaban. El carisma de este hombre, que se había echado al bolsillo la voluntad del país durante quince años, surtía el mismo efecto en él que en las masas que había seducido a golpe de videos de youtube en los que criticaba al gobierno y usaba el español dominicano que se hablaba en la calle. Ya en el poder se declaró socialista, firmó una caterva de tratados con los miembros de la Alianza Bolivariana Latinoamericana, quienes perseguían el sueño de la Gran Colombia desde sus estados totalitarios. Encarceló a todos los ex funcionarios corruptos con cargos reales; y a los líderes de la oposición, con cargos inventados. Expropió compañías y propiedades, y al cumplirse el primer año de su mandato cambió el color del partido de morado y amarillo a rojo con negro, en honor a Legbá, Elegguá, la deidad africana que regía su destino, el dueño de los cuatro caminos y el mensajero de los dioses, y declaró al vudú dominicano y sus misterios como religión oficial.

Pero ahora Said Bona estaba en aprietos. Tras aceptar almacenar armas biológicas venezolanas en Ocoa, el maremoto de 2024 había arrasado con la base que las albergaba y dispersado su contenido en el mar Caribe. Desaparecieron especies completas en cuestión de semanas. La crisis ambiental se extendió hasta el Atlántico.

Mientras su gestión perdía puntos, Said se esmeraba en culpar a los Estados Unidos y a la Unión Europea de haber fabricado el tsunami con el fin de desestabilizar la región.

Acilde intuyó que la tarea que deseaban que realizara tenía que ver con ese desastre, que hacía llorar a Esther Escudero durante los rezos con que abría el día. Ese desastre por el que llegaban al país oceanógrafos y médicos y por el que ahora el Caribe era un caldo oscuro y putrefacto. Said tocó con su índice el extremo de sus gigantes gafas Dolce & Gabbana y un holograma de Esther Escudero se materializó junto a la cama. Omicunlé llevaba un traje blanco de falda larga y ancha, en la cabeza un turbante azul bandera, y el sinfín de collares y pulseras propias de su sacerdocio. Se veía como Acilde imaginaba se vería su fantasma, y este fantasma, sonriente y pacífico, dijo: «Si estás viendo esto significa que todo salió bien. Eric te inició y ya sabes que eres el Omo Olokun: el que sabe lo que hay en el fondo del mar. Said cuenta contigo, utiliza los poderes que recién empiezas a descubrir para el bien de la humanidad. Salva el mar, Maferefún Olokun, Maferefún Yemayá». Terminado el mensaje y desaparecida la muerta, Said se quitó las gafas y descubrió unos ojos llorosos, los mismos que lucía para delicia de las doñas de la nación, cuando, enardecido en la campaña electoral, había dicho que los hijos de las madres solteras eran hijos de la patria y, por lo tanto, suyos. «¿Qué necesitas?», preguntó Said a Acilde con voz ahora caballerosa.

Por la forma discreta y poco específica en que Esther se había referido a sus poderes, entendió que no había necesidad de develar esa ventana que se había abierto en su mente hacia el pasado, ni del clon que allí dominaba a control remoto. Este era, hasta ahora, su único poder y quería comprobar la veracidad de ese otro tiempo, al que había llegado a través de la anémona que un día pensó vender por cuatro cheles. «Necesito un lugar tranquilo y solitario, pues estos son Días de Recordar en los que recuperaré la memoria de mis vidas anteriores y de mi misión», dijo Acilde con el lenguaje ceremonioso de los que lo habían sacado del agua en el 91, y despertó por primera vez la curiosidad del Presidente.

Llegaron a un acuerdo: Acilde iría a la cárcel unos meses para tranquilizar a los seguidores de Esther que pedían su cabeza. Said se aseguraría de que la estancia fuese agradable y luego, tras encontrar pruebas indudables de su inocencia, lo pondrían en libertad.

La celda de Acilde tenía un inodoro, un lavamanos, una estufa, una neverita, una cama y una mesa con un monitor antiguo de cuarenta y cuatro pulgadas conectado a un teclado. El piso alfombrado y gris tenía una mancha de un palmo con matices anaranjados, como si alguien hubiese dejado sobre la misma un locrio de sardinas un par de días. No se le permitía tener plan de datos integrado en la cárcel, pues los hackers podían detectarlo y acusar al gobierno de favoritismos con ciertos presidiarios. Allí, Acilde permanecía recostado gran parte del día, ahora que el hombre que había empezado a ser en Sosúa se movía a su antojo. Aprendió cosas sobre ese tiempo y sus gentes y se hizo una idea de lo que de él esperaban. Al mes de haber llegado, ya Nenuco había compartido con él cuanto sabía. El portal de las anémonas, cada animal de la poza, sus nombres en español y en taíno, recetas para cocinarlos, las yerbas que tenían en el patio y para qué servían, de dónde venían ellos; y del más allá, de dónde según ellos, venía él. Acilde lo dejaba fantasear porque si Nenuco se enteraba de que el más allá era una celda en el 2027, se hubiese pegado un tiro.

Yararí se le había ido con Willito y se decía que estaba preñada. Tan pronto como se la robó, Willito la puso a cocinar lo que pescaba en un chinchorrito en la playa. Nenuco había ido a buscarla y la niña le había dicho que no iba a volver a aquella «maldita choza nunca más».

Durante el día, Acilde se tiraba con los ojos cerrados en la camita de su celda para que su otro cuerpo recorriera el pueblo playero en el motor de Nenuco, y hacía preguntas, y anotaba en una libreta nombres de calles y negocios, nombres de personas, con la excusa de que escribía un libro, datos que en la noche, en la oscuridad de su celda, cotejaba frente a la vieja computadora que le habían permitido tener. Al poner los nombres de su libreta en el buscador aparecían datos de la historia de los mismos: el éxito de ciertos comercios, la mala suerte de otros, el futuro criminal de un joven de aspecto inocuo o el ascenso a la alcaldía de una señora analfabeta. Qué perdidos y obtusos lucían ahora los habitantes de aquel pequeño pueblo, qué tristes sus pequeños planes y proyecciones, que cómica la desesperación del que ignora que un destino maravilloso lo aguarda a la vuelta de la esquina.

Todavía no lograba confirmar su propia existencia en ese pasado playero, confirmar que su extensión estaba realmente entre aquellas gentes y que, como los demás, dejaría una huella en el tiempo. Para poder corroborar su presencia necesitaba ser alguien, necesitaba un nombre, necesitaba papeles, y esa misma noche Nenuco lo llevó donde Stephan, un alemán dueño de bar que falsificaba documentos para europeos de pasado innecesario, que se retiraban en Sosúa con lo que en sus países no hubieran podido comprarse un chicle.

La barra, a dos cuadras de la playa, estaba repleta de turistas mayores de sesenta años y jóvenes mulatos del patio, sentados en mesitas de plywood bebiendo Brugal con Coca-Cola y muy atentos al animador que en la pequeña tarima de concreto saludaba al público con una camiseta de licra, bajo la cual sus exagerados músculos parecían embutidos fosforescentes.

«Señoras y señores, signore e signori, ladies and gentlemen, mesdames et messieurs, meine Damen und Herren, willkommen, benvenuti, welcome to tonight's show at One Eyed Willy, where your dreams come true, and opening this great evening of fun I introduce to you Sosúa's very own: El Asco!». Enseguida apareció en escena un travesti que se había sometido a todo tipo de experimentos caseros tras las curvas de un cuerpo de mujer. Las inyecciones de aceite Crisol lo habían deformado, creando burbujas extrañas en lugares equivocados, y el apretado vestido plateado con muselina añadía un toque escalofriante a la piel gris y cadavérica. De la torre de bocinas a ambos lados del local comenzó a sonar «I Feel Love» de Donna Summer, con esos sintetizadores con los que el genio de la música electrónica bailable, Giorgio Moroder, inauguró el futuro en 1977. Ya en la oficina de Stephan, detrás del negocio, el coro de la canción se seguía escuchando, pompeando a un público que silbaba y aplaudía la escatológica sensualidad de El Asco haciendo las mímicas del «looooooove».

«¿De dónde sacaste a este muñeco?», dijo el alemán con un fuerte acento, y luego, riendo: «Te va a ir muy bien, en este país ser blanco es una profesión». A treinta años de distancia, Acilde introdujo el nombre completo de Stephan en el buscador y vio cómo, gracias a la popularidad de esa primera barrita y a su show de travestis, se convertiría en un reconocido empresario con restaurantes en toda la costa norte. No había contemplado el costo de la falsificación y anotó en su mente, junto a todos los demás favores que le había hecho Nenuco, los cien dólares que el indio se sacó del bolsillo para pagar por los documentos. Mientras Stephan le tomaba la foto frente a una tela blanca colgada en una puerta, le preguntó qué nombre quería ponerse. La canción llegaba a su fin y el público aplaudía desaforado. «Giorgio», dijo Acilde, y luego añadió el apellido que su madre había visto en el documento de identidad de su padre cuando este abrió la cartera para pagarle: «Giorgio Menicucci».

Côte de Fer

Un trozo de morcilla cae en cada uno de los cuencos de madera de los hombres de Roque. Él mismo la ha preparado para celebrar la venta de los setenta cueros que tuvieron listos a la vuelta del inglés a Playa Bo. La delicia hecha con tripas de cerdo cimarrón está adobada con la pimienta jamaiquina que el capitán Ball trajo de Cuba. El jefe de los bucaneros es buen cocinero y le cuenta a Argenis que en ello se había empleado en el galeón español que lo trajo de Canarias. Mientras haya vacas, el trabajo continúa, se matan y se desollan, con la idea de tener siempre algo que ofrecer a los barcos que se detienen en la costa, sin los que no habría ni vino, ni aceite, ni harina, ni pólvora, ni las piezas de oro y plata que se acumulan en los cofres, donde cada cual junta también sus sueños. El de Engombe es capitanear un barco. El pirata francés al que se había alquilado lo abandonó en la costa norte con una bota de agua por matar a un compañero de un martillazo en la cabeza. El sueño del francesito: volver a su tierra y desposar a una vecina de pechos enormes por la que se mata a pajas. El manco es feliz y come mejor y más a menudo aquí que en el calabozo inglés donde lo habían reclutado. El indio no tenía cofre y el vino le venía muy mal, sus sueños de geometría sagrada cartografiaban la tierra del principio donde una legión de muertos llamaba su nombre.

Han sacrificado dos docenas de vacas y Roque le entrega a cada uno una botella para acompañar la cena. Comen en paz, se relamen los dedos con los grillos que chillan en el fondo hasta que Engombe se levanta a buscar un pedazo de casabe y el francesito, juguetón, mete la mano en el plato del negro para robarle las sobras. Antes de que pueda tocarlas, Engombe le ha cortado la cabeza con la cimitarra. La cabeza rueda hasta los pies de Argenis, que la ve parpadear varias veces, como si una paja le molestara la vista, antes de quedarse definitivamente inmóvil. Reaccionando con una rabia portentosa, Argenis tumba a Engombe de un puñetazo en el pecho, mientras llora al pobre muchacho y el manco maldice y el indio grita arrodillado. Todos se le van encima al asesino, logran inmovilizarlo, amarrarlo a la base del guayacán. Roque levanta la cabeza por el pelo y se la pone al lado para que tenga que mirarla toda la noche. Argenis llora desconsolado y repite «Côte de Fer, Côte de Fer», como decía el pobre inocente. Giorgio e Iván hicieron que Nenuco rompiera la puerta del taller del pintor para despertarlo pues sus gritos llegaban hasta la casa.

Argenis llevaba semanas durmiendo de día y pintando de noche. Se levantaba casi siempre cerca de las 10 PM cabizbajo y sin apetito. Lo que pintaba, sin embargo, tenía a Giorgio entusiasmado. Se le metía en el taller con una bolsa de yerba, una botella de vodka y un galón de jugo de toronja. Malagueta solía acompañarlos. Elizabeth pasaba de la pintura, o por lo menos no le interesaba mucho, aunque de vez en cuando venía al taller de Argenis con Iván y ponían música y conversación. Argenis pintaba en la tela sin montar, extendida en el piso, en un silencio que sólo rompía para responder con teorías extrañísimas las más sencillas preguntas. Giorgio le ponía tema a ver con qué salía, guiñaba un ojo a Elizabeth, que hacía muecas y se reía a sus espaldas, mientras ponía «Silence is Sexy» de Einstürzende Neubauten, «Traigo de todo» de Ismael Rivera, «Contacto espacial con el tercer sexo» de Sukia, «The Bells» de Lou Reed, «Into the Sun» de Sean Lennon, «Killing Puritans» de Armand Van Helden, «Remain in Light» de Talking Heads o «Superimposition» de Eddie Palmieri. Cuando Elizabeth abría la boca era para comentar algo que había visto en una revista o en Internet o para criticar la obra de todos los artistas locales que no se encontraban en esa habitación, a los que catalogaba como olla, quedaos, mediocres y chopos. Argenis sabía que ella lo incluía en esa categoría y mientras pintaba hacía algunos esfuerzos interesantes con el propósito de que lo sacara de la misma.

En algún momento, mientras abandonaba una de las tres carreras que su papi le había pagado antes de Chavón —ingeniería de sonido, creative writing y peluquería—, Elizabeth había leído el manifiesto de Fluxus en el scrapbook de una compañera de clases. Tras ordenar una pila de libros de arte conceptual y varias cámaras digitales por Amazon se había autodeclarado videoartista y realizado una serie titulada *Seco y latigoso*, que era, básicamente, nueve loops de tomas de prostitutas que trabajaban la calle en distintas zonas de Santo Domingo. Los había subido a la web en una página del mismo título; había logrado que un curador francés la incluyera en un compendio de Arte Actual del Tercer Mundo. Desde entonces, todo el mundo le lamía el culo. Por eso y porque tenía un BMW, una casa en Las Terrenas, toda la música del mundo y las mejores pastillas del Caribe. No tenía necesidad de estar en el Sosúa Project, lo hacía porque le daba la gana y porque era, de todos, la única que de verdad tenía una relación de amistad con los Menicucci.

Un día se fue la luz, pero encendieron velas y Argenis siguió pintando. «Monsieur, ¿qué usted cree de la crisis energética que sufre el país desde hace treinta años?», le preguntó Giorgio, dándole un codazo a Malagueta para que prestara atención. «En el Caribe vivimos en las áreas oscuras del cerebro planetario, como con el LSD; estas neuronas que son nuestras islas se iluminan muy poco, pero cuando lo hacen…», respondió Argenis y vertió en la tela el fondo de hielo y toronja de su vaso para crear un efecto de aguada.

No obstante, la noche de los gritos no hubo painting party. Tras despertar a Argenis, Giorgio le trajo un vaso de agua e Iván, sin encender la luz, se sentó en la cama y le dijo que aquella gritadera mientras dormía era cosa de muertos. «Cada quien tiene su guía espiritual, un difunto que lo guía, una luz que te ayuda; también hay muertos oscuros que quieren aprovecharse de uno y hacen trampas y se hacen los buenos.» Nenuco lo interrumpió: «En la casa de don Frank había uno. Yo a don Frank le atiendo el jardín, y encontraron una botija llenecita de monedas de oro. Con eso él tiene para no volver a trabajar más. ¿Y tú sabes cómo fue que la encontró? Había una plaga de hormigas en la casa y él soñaba todas las noches con un prieto que se las comía. Un día dice: «Déjame echar agua caliente para matarlas», y va al patio y me dice: «Nenuco, ayúdeme», y con una pala empezamos a buscar los túneles del hormiguero, cuando de pronto damos con algo duro y era la botija de barro. Por aquí había mucho pirata y negro alzao que enterraban el dinero que juntaban».

Argenis siguió llorando despierto. Sintió la verdadera magnitud de la carga que las expectativas que generaba su talento representaban y se sintió seguro de no poder llenarlas nunca. La experiencia con los bucaneros era agotadora. Además, tenía que hacer algo por lo que un coleccionista hipotético quisiese pagar miles de dólares, con un poder seductor que perdurara en el tiempo. Arrullado por el canturreo de Nenuco, mientras Giorgio, recostado en el marco de la puerta, lo miraba preocupado, pensó en Bacon y en Lucian Freud, en Yeyo y en que si hubiese nacido trescientos años antes su técnica le habría abierto las puertas de la corte de un rey. Odió a la profesora Herman y las pretensiones que le había contagiado. *Tengo que entrar en un manicomio o meterme a evangélico*, pensó, deseando un alivio que ni la pintura ni las comodidades de Playa Bo le habían ofrecido.

Despierto en la noche de dos mundos, intentaba cerrar la ventana del que contenía la cabeza cercenada. Giorgio le tomó la mano y Argenis se la apretó como si temiera caerse por un barranco. Cuando se la soltó, Giorgio retiró la suya y le acarició levemente la palma de la mano. Con sus cuatro ojos cerrados, Argenis sintió que un cuerpo se le metía en el catre, lo acurrucaba y lo mecía. Una mano le acarició el vientre, que se tensó sin alejarse, apretó los glúteos adivinando la ruta de la mano hacia abajo, dejándose hacer. Llevaba siglos esperando esta mamada, que jaloneaba con labios consistentes palanqueando con una lengua hábil y suave, que tragaba sin miedo al vómito su güevo grande y que cubría su pecho y sus piernas con la caricia de una larga melena que olía a salitre y a pimienta. Olvidó al francesito, el arte y Playa Bo, olvidó su nombre y el del órgano alrededor del cual ahora se cerraba concéntrico el universo. Se vino duro, como si se hubiese vaciado para siempre los cojones. Abrió los ojos anestesiado y vio que Roque levantaba finalmente la cara y se tiraba a su lado en el catre para dormirse roncando casi de inmediato. En el presente, Nenuco, Iván y Giorgio se habían marchado, lo habían dejado solo, con la puerta del estudio rota y abierta de par en par.

Acompañada de la anécdota sobre el estado de cosas en los hospitales cubanos y el fácil acceso en el mercado negro a medicamentos controlados, Iván le había regalado a Argenis una tira de Valium, gracias a la cual pasaba cada vez más tiempo en la Sosúa del siglo XVII. O no lo extrañaban en las sesiones del curador o sus pinturas lo habían exonerado de las mismas. Tras días y noches seguidas mortificando a Engombe para hacerle pagar por su crimen, Roque lo había dejado libre, pues necesitaba a su arcabucero para el trabajo. Argenis, sin embargo, no le quitaba la vista de encima y buscaba la menor excusa para darle con una piedra en la cabeza. Tras lo que había pasado en el catre se sentía desorientado y feliz, protegido por el manto del tiempo, porque para él ese pasado que aún no reconocía como totalmente suyo, no tenía repercusión en el presente, donde seguía siendo un macharrán y donde nadie nunca se enteraría de nada. Ahora tenía más razones para no hablar de lo que le pasaba y seguir usando la licencia de artista loco para hacer lo que le diera la gana con sus horas. Quería proteger a Roque, quería impresionarlo; y le pidió permiso para usar la imprenta e intentar hacer unos grabados, y mostrarle un retrato que de él había tallado en una tabla vieja. Roque le facilitó las herramientas que habían venido con el aparato, que descansaba en la casucha construida por el manco y el difunto, pensando que de ser buenos podrían vender algunas copias a los contrabandistas. Ahora los primeros siete colgaban de la pared con clavos de zapatero. A falta de tinta, Argenis había utilizado sangre de vaca, corriendo con una cubeta desde el matadero y aplicándola de inmediato antes de que se coagulara.

En el primer grabado, un negro arcabucero le apunta a unas cabezas de ganado en la distancia. En el segundo, un barbudo manco carga sobre el hombro del brazo bueno un tronco de palma junto al francesito, a quien Argenis había dibujado de memoria. Se había esmerado en los pliegues de la tela de los calzones, en el camisón de hilo que por ropa llevaban todos y en dar volumen a la pipa de barro danés que fumaba el manco, tanto en las horas de trabajo como en las de descanso. El tercero era una jungla tropical, hacia cuyo centro un hombre de espalda triangular y pelo recogido en un moño se internaba, al tiempo que levantaba un sable sobre su cabeza para abrirse paso en la maraña. El cuarto era el indio, en cuclillas, que atizaba el fuego de una parrilla donde ahumaba el bucán. En el quinto, Roque posaba con un arcabuz al hombro, con un sombrero de felpa carmesí y dos pistolas en el cinto sobre el acantilado hacia Playa Bo. En el sexto se veía a Engombe amarrado al árbol. *Pensarán que es un esclavo*, se dijo el artista, que había firmado los grabados como Côte de Fer. El séptimo era el interior del bohío con la tinaja de barro donde guardaban el agua fresca en una esquina y, bajo una ventana, el catre de Argenis donde yacía dormido su salvador.

Las siete tablas habían salido de una misma caoba. El manco, a pesar de su carencia, tenía buena mano con la madera y, acatando las órdenes de Roque, lo había ayudado a preparar las planchas. La idea de hacer los grabados le vino una tarde al regresar de la matanza. Roque, que llevaba las botas sucias de sangre, marcaba con las huellas rojas de sus pasos las rocas del arroyo al que habían ido a beber agua y bañarse. Las ondas de su melena mojada le acariciaban la definición muscular de la espalda, que cerraba en una cintura casi femenina. Cuando se volteó, Argenis continuó tallando con la mirada la pelvis peluda que escondía un pequeño y relajado pene, y más arriba la barba castaña, encaracolada, que terminaba en la base del cuello, del cual colgaba una llave de cobre en cordón trenzado de cuero.

Ya preparaba otras planchas, y mientras los otros desollaban los animales o curtían los cueros, Roque le permitía quedarse con el indio, que se maravillaba con las imágenes mágicas que Côte de Fer había logrado producir con vaca y caoba. A la luz del fuego que encendían cada noche, sacaba con una gubia la madera sobrante en el dibujo de una vaca a la que Engombe y Roque dejaban sin piel cuando oyó gritos. Venían del presente. Esta vez no eran suyos sino de Linda, que había vuelto de la capital, de sus reuniones con el Ministro de Recursos Naturales. Argenis se levantó azorado y al acercarse a la casa escuchó claramente la diatriba de la mujer, que se quejaba de que en Playa Bo lo que había era un reguero de vagos metiendo y bebiendo, consumiendo el dinero que debían gastar en construir un laboratorio, la verdadera razón de toda esta mierda, «or did you forget?», y luego la voz de Giorgio que trataba de tranquilizarla diciéndole que esperara a ver lo que había producido Argenis. «Son tesoros», decía, «seguro se van a vender.»

Los susurros de Giorgio, en extremo cuidadosos, como si temiese que su mujer lo golpeara, le dieron ganas de matarla. En su cabeza, el italiano era un altruista que creía en él, y ella era una puta engreída y egoísta. Fantaseó con violarla y estrangularla, luego con machacarle la cabeza con el bate de béisbol de aluminio que tenía Malagueta en su taller. *Fucking mamagüevaza.* Esperó en la oscuridad a que la pelea terminara e imaginó que Giorgio saldría a darse un break de la judía chelera, dándole la oportunidad que Argenis ansiaba de aconsejarlo, de devolverle agradecido su amistad, de rodearlo con un abrazo en el que su pecho tocaría el de su mecenas finalmente. Pero lo que alcanzó a escuchar, tras un breve silencio, fueron los gemidos de placer que una húmeda y apresurada reconciliación arrancaba a los Menicucci. Quedó agazapado entre las palmas enanas hasta que los mimos en inglés e italiano que intercambiaron después del encuentro, le hicieron volver a su cabaña con una amargura que le dolía en los huesos.

Se echó en la cama. Fijó los ojos en el filo cubierto de polvo de las aspas del abanico de techo. Caminó frenético hacia la casucha de la imprenta en su otra noche, donde talló una a una las tablas vírgenes que el manco le había dejado, a la luz de una vela. Atacó la madera con la misma vehemencia con que el desvelo y la extrañeza lo estaban tallando a él. Al amanecer, cubrió las planchas con un lienzo y contempló la soledad del paisaje que lo rodeaba, ni próspero ni acogedor, el límite entre la playa y el bosque, a la espera del ataque letal de una cuadrilla española que llegaría en cualquier momento, sin ruido, a cortarles la cabeza, si un compañero borracho no lo hacía antes. *¿Por qué tenía que ver esto? ¿Quién lo había puesto allí?* Recordó las palabras del jardinero, estos hombres con los que trabajaba y vivía habían muerto hacía tiempo y él gastaba el suyo persiguiendo a un barbudo hermoso mientras realizaba grabados que nunca nadie vería. Llegó con sus dos cuerpos, el de Argenis y el de Côte de Fer, hasta la playa diciendo «maricón» y «loco», «maricón y loco», y esas palabras le herían por dentro con un filo similar al borde del arrecife, en cuyas formas reconocía las narices anchas y labios gruesos del perfil de su padre como en un cuadro paranoico-crítico de Dalí.

Durante el desayuno, Linda se sentó en las piernas de su marido, que le llevaba los pedazos de la ensalada de fruta a la boca con un tenedorcito. Un camión de FedEx entró con dificultad por el camino de gravilla que conducía de la calle a la casa y todos se levantaron para ver a Elizabeth firmar unos papeles y anunciarles, abriendo las cajas con el cuchillo de mesa, el nuevo giro que daría a su proyecto profesional. Sacó unos platos Technics 1200, un mixer y unos veinte discos de pasta: adiós videoarte, hola DJ Elizabeth Méndez.

Iván estaba radiante con la maleabilidad de su pupila y levantó su mimosa para brindar por su futuro. Él la había estado empujando en esa dirección desde que escuchó la música que producía para sus videos, mucho más interesante y compleja que las imágenes que acompañaban. Malagueta propuso que para la presentación del proyecto alrededor de Goya, en el que llevaban trabajando más de un mes, hicieran un party, y que allí Elizabeth hiciera su debut. Argenis, mientras tanto, que desollaba su cuarta vaca del día, congeló una sonrisa hueca en la mesa de la terraza y sintió en carne propia cómo sus cuadros se encogían ante la parafernalia electrónica plateada y brillante. Víctima de la vertiginosa caída en picada de su autoestima, sintió náuseas y la más criminal de las autocompasiones. Los dreadlocks le colgaban como ristras de ajo podrido y las ojeras parecían el fondo de dos calderos quemados. «Señora Méndez», dijo con tono sarcástico a Elizabeth, «usted es una mujer de muchos talentos.» Ella levantó la vista de sus juguetes nuevos un segundo, sin decir nada, para mirarlo a los ojos por primera vez en su vida. Linda, con ganas de soplar fuera la nube negra que, una vez más, los ya obvios problemas de personalidad del pintor cernían sobre la mesa, dijo con una voz que buscaba parecer preocupada: «Argenis, deberías ver un doctor, man, you look like shit».

Lamentaciones

Donde los demás veían paisaje, Linda Goldman veía desolación. Donde otros escuchaban el relajante silencio subacuático, ella escuchaba los alaridos de un recurso degradado. Donde los demás veían un regalo de Dios para el disfrute del hombre, ella veía un ecosistema víctima de un ataque sistemático y criminal. Frente al arrecife de coral se sentía como un oncólogo ante el cuerpo de un paciente. Se sabía preparada para salvarlo, aunque también conocía al dedillo la desmedida capacidad del mal y su alcance. Para ejecutar el milagro hacía falta una mezcla de optimismo extremo y realismo crítico en cantidades capaces de enloquecer a cualquiera. En el caso del arrecife, no dependía sólo de ella o de su equipo, sino de la reeducación de una comunidad, de un gobierno y de un plan de protección a largo plazo. Era un trabajo de años, al que había jurado dedicar su vida. Había días en que sentía que su compromiso era minúsculo frente, por ejemplo, al ancla de un pescador del pueblo, que en un minuto había arrancado un coral de cientos de años y aniquilado un valiosísimo espécimen y el hábitat de los peces que el mismo pescador necesitaba para subsistir. Los guardias encargados de hacer cumplir las leyes ambientales en la Ensenada de Sosúa, eran los primeros en romperlas, echaban basura, pescaban con arpones y sacaban corales para venderlos, carentes de una preparación comprensiva y de sueldos adecuados. Los pescadores, por su parte, ya tenían suficientes problemas encontrando qué pescar como para que vinieran a decirles dónde y cuánto.

El sentido de urgencia y de peligro que corría por sus venas era la razón por la que su vida había transcurrido en la proximidad de este mar. En 1939, su papá había llegado de Austria con sus padres a una selvática Sosúa de tierras abandonadas por la United Fruit Company, y allí, junto a ochocientos judíos más que habían logrado escapar del exterminio, levantó una empresa de lácteos que con el tiempo abastecería al país completo. De pequeña, ella pasaba las horas muertas recolectando caracoles, piedras y huesos de coral en la playa; los clasificaba por tamaños y colores en el gazebo de su casa. Durante un viaje a New York, Saúl la llevó con sus hermanos al Museo de Historia Natural.

Ella quería ver los animales vivos, dijo a su papá, no llenos de algodón y formol. Viendo las películas de Jacques Cousteau en la televisión local, se hizo una idea de la tragedia que tenía lugar frente a las narices de todos. El mar estaba siendo saqueado despiadadamente desde hacía siglos, y pronto se quedaría vacío y estéril. En la universidad, mientras trabajaba en su tesis sobre las enfermedades de los corales del Caribe, estuvo una semana sin dormir. Sus amigos la encontraron caminando desnuda por el campus de madrugada, con una linterna. Tras asistir a la ceremonia de graduación atiborrada de pastillas, regresó a Puerto Plata con el plan conservacionista que su padre había rechazado y con diagnóstico de bipolar.

Cuando Giorgio la vio por primera vez se sintió atraído por sus gestos viriles y por una seguridad que en principio achacó al dinero de sus padres. Todos los hombres de Cabarete, Sosúa, Playa Dorada y Playa Cofresí le habían tirado sin éxito. Algunos, heridos, habían hecho correr el rumor de que era lesbiana, cuando en realidad no tenía tiempo para nadie. Daba clases de windsurf por el día. Por las noches redactaba cartas y propuestas, solicitaba ayuda a instituciones internacionales para realizar la investigación preliminar en la que basaría luego el proyecto de rescate; se apoyaba en artículos científicos cada vez más negativos sobre el futuro de los arrecifes del Caribe, ilustrados por fotografías de las manchas blancas que ganaban territorio en los cuerpos duros pero frágiles del coral. Navegaba sin medicarse las fluctuaciones anímicas de su condición. Se sumergía en profundas depresiones, encerrada en su estudio y comiendo Chef Boyardee directamente de la lata, segura de que el fin del mundo era ya irreversible y que la ceguera general se seguiría interponiendo entre ella y la salvación del océano. Su hermano mayor venía a sacarla del hoyo, a meterla en la ducha y a prestarle el dinero que Linda había jurado no pedir jamás a su papá; le decía que no abandonara sus sueños, que el mundo necesitaba de más gente como ella y otras frases hechas de autoayuda que tienden a surtir efecto. Cuando al final de la terapia Adam le pedía que fuese a trabajar unos días a la fábrica, ella lo echaba con una rabia que la llenaba de energía, con la que activaba la corriente de la ola maniática que surfearía para retomar su embrión de proyecto: la redacción compulsiva de solicitudes de becas y la esperanza mesiánica que la hizo enamorarse de Giorgio Menicucci.

En los últimos años, gracias a quinientos miligramos de Seroquel diarios y a que la suerte para los negocios de su marido, más una herencia, les había permitido comprar un pedazo de playa, Linda ya no era un yoyo humano. La dosis química le permitía hacer su trabajo sin euforia ni tragedia, pero no pasaba un día sin que la visión que la perseguía desde joven la paralizara adolorida unos segundos: descendía al fondo de un mar frío y oscuro donde la pesada red de un barco pesquero industrial arrastraba sin discriminación todo lo que hallaba a su paso. Sus ojos habían visto en el Golfo de México lo que las redes subían a bordo tras afeitar de vida millas de suelo marino. Al retirar la pesca útil, eran devueltos al mar los cadáveres de miles de peces demasiado pequeños para ser consumidos, delfines, tortugas y pedazos de coral suficientes para levantar un castillo, producto de la demolición de un ecosistema ya sin recursos para regenerarse. Sabía las veces que una red de estas era lanzada al agua cada día y vivía contra las agujas de un reloj siniestro.

En cuanto a Giorgio, no tenía planificado enamorarse. Su vida en la costa norte de fines del siglo XX transcurría placenteramente. Tenía lo que siempre había querido: un cuerpo de hombre y un negocio propio, una pizzería chic en una hermosa playa. La misión para la cual había sido duplicado comenzaba a dibujarse en el horizonte, todavía sin una ruta a seguir. Linda le había dejado una nota en su restaurante: «Giorgio, dejé mis tablas de windsurf en tu callejón, hope it's OK! Linda». El exceso de confianza le gustó, y cuando al día siguiente la vio entrar con su wetsuit azul cobalto la invitó a almorzar. Ya él sabía de Linda casi todo, que era bióloga marina, obsesiva y temperamental, que sus padres tenían dinero con cojones, un dinero que le heredarían y que era la oveja negra de la familia. Ella tardó veinte minutos en sentirse lo suficientemente cómoda como para enseñarle la carpeta llena de retratos de corales enfermos, manchados y deformes como hígados cancerosos en un brochure de alcohólicos anónimos, que llevaba en la mochila. La carpeta tenía los bordes gastados, se notaba que alguien la manoseaba a menudo. Al ver las marcas de la ansiedad de Linda en el plástico rosa se le apretó el pecho y sintió una imperante necesidad de ayudarla a solucionar todos sus problemas.

Como antes utilizaba el PriceSpy, Acilde ahora utilizaba la computadora que tenía en la celda para buscar palabras o nombres que desconocía y que surgían en una conversación, o para confirmar las aseveraciones de un futuro socio. Frente a los intereses de Linda puso la palabra coral en el buscador y una página con la lista de corales desaparecidos durante el tsunami de 2024 apareció en la pantalla. Giorgio pudo entonces hablarle de sus corales favoritos diciendo los nombres, *Diploria labyrinthiformis* y *Millepora alcicornis*, como si fuese un aficionado de toda la vida. Gracias a esto terminó clavándoselo en la orilla de Playa Bo esa misma tarde.

Y ella, cuando llegó al orgasmo, gritó como si la estuviesen matando.

The Shadow of Days

Un chico rubio con taparrabo aguarda en una playa azul, con una lanza en la mano, a la espera de un pez que llega y es alcanzado. El cielo es del mismo color que el agua.

La película es *The Blue Lagoon* y está siendo proyectada en el comedor de la cárcel La Victoria, mientras los reclusos tragan sus porciones de proteína sintética con agua. Es verano. Una hilera de abanicos industriales fracasa contra los cuarenta y seis grados Celsius que hace a la sombra. Las películas en las que aparece el mar cundido de peces y los humanos cuando podían desvestirse bajo el sol, son ahora parte de la programación obligatoria de esta época del año, como antes lo eran las películas de Cristo durante la Semana Santa.

«Qué barbaridad, ahora que el mar está muerto creen en sus poderes», dice un viejo con acento cubano. Se limpia uno de sus pocos dientes con un palillo camino al zafacón, donde se deshace de la bandeja de plástico amarillo en la que venía su almuerzo. El viejo tira el palillo, hace un gesto de jugador de baloncesto y falla, se dobla para recogerlo y ponerlo en su sitio, dice: «Dentro de unos años, cuando los que llegamos a verlo hayamos desaparecido, la gente hablará del mar lleno de peces como si fuera de unicornios».

«¿Quieres coger fresco?», le preguntó Acilde, quien poseía el único aire acondicionado Samsung Mini en toda la prisión. El aparato, de doce mil BTU's cabía dentro de una caja de zapatos, y así se lo había traído el agente que lo visitaba una vez al mes y que fingía ser un primo para hacerle llegar una compra del supermercado, que siempre incluía un pote de mantequilla de maní Peter Pan, en cuyo interior había enrollado un pedazo de papel con un mensaje del presidente Bona.

Al entrar en la celda de Acilde, el viejo suplicó: «Asere, enciende ese aire», y se secó la calva con un pañuelo. Tras acomodar la ventanilla para que el aire diera hacia donde el cubano resoplaba a punto de sufrir un infarto, abrió el pequeño refrigerador oxidado, de dónde sacó dos botellitas de vodka de las que dan en los aviones y un jugo de toronja en lata. Acilde había conocido a Iván de la Barra días después de llegar a La Victoria. Estaba preso por vender manuscritos falsificados de Lydia Cabrera y Alejo Carpentier, entre otras cosas igualmente falsificadas. Como curador de la Bienal de La Habana, había impulsado la carrera de varias estrellas del arte contemporáneo de fines del siglo XX. Con la edad, se había quedado relegado y subsistía gracias a la venta de documentos y obras de arte, verdaderos y falsos, a la oligarquía comunista de Latinoamérica.

Acilde mataba el tiempo con el viejo Iván buscando fotos y artículos en la computadora; se nutría de la facilidad didáctica con que el ex curador combinaba en sus anécdotas la chismografía con la teoría crítica. En una de estas conversaciones Iván le había confesado que recibía mensajes desde joven de un alma desencarnada a la que debía todo; el muerto incluso le aconsejaba qué artistas apoyar y cuáles no. Se había rebelado contra los consejos de este espíritu de luz cuando, desesperado, falsificó un borrador de un supuesto libro inédito de Lydia Cabrera titulado *Olokun*. «Y mira qué mal me fue», decía compungido. Aunque sin afiliación religiosa, Iván de la Barra era un docto en los cultos afrocubanos. «La idea del libro me vino porque un coleccionista cubano de Miami me mostró una carta de Lydia a Pierre Verger; en esa carta le cuenta que finalmente ha logrado hacer hablar a una anciana de Matanzas sobre el culto a Olokun, el más misterioso de todos los Orishas, y sobre el que aún las fuentes más cooperadoras de Lydia habían guardado silencio. Según la carta, los negros llamaban Olokun a una criatura marina que caminaba hacia atrás en el tiempo, chico, una cosa lovecraftiana. Primero pensé en una novela, pero la idea de escribir un libro firmado por una muerta me pareció mucho más interesante.»

Iván de la Barra y Acilde bajaron los primeros tragos en silencio. Calmaron el calor interior y dejaron que la vodka aplacara los sentidos. Acilde sabía que al viejo le gustaba ver la programación del canal oficial y accedía a la página de inmediato para contentarlo. «Remanentes estalinistas», decía Iván, excusando sus gustos, disfrutando del frío con que el aire acondicionado invadía las manchas de sudor en los sobacos de su camisa. En la pantalla, Said Bona homenajeaba a *Los Inoperantes*, un colectivo de artistas que en la década del 2000 había transformado el panorama cultural dominicano. El presidente entregaba las placas emocionado a los que, hundidos en la pobreza y el alcoholismo, habían sobrevivido al menosprecio de las instituciones que ahora querían venir a ofrecerles serenatas de gloria acartonada.

Por Iván, Acilde sabía que el éxito de un artista es una mezcla de relaciones públicas, un poco de talento y un sentido de lo oportuno extremadamente desarrollado, es decir, lo que Iván llamaba «el muerto», una voz con un timbre distinto al suyo que le decía «ve», «no vayas», «di esto, di lo otro», «ponte la chaqueta Marc Jacobs», «Cartier mejor que Rolex», «miente», «sonríe», «hazte el loco».

Y fue justo al ver al patético grupo de homenajeados que se le prendió el bombillo. Como Giorgio, contactaría al Iván de la Barra joven para «descubrir» y «empujar» la carrera de artistas visuales dominicanos con los que se lucrarían a través de una galería de arte. Buscaría en su juventud a figuras oscuras del arte local, como Argenis Luna que, decrépito a destiempo a sus sesenta años, estrechaba la mano de Said Bona en la pantalla. El proyecto mataría varios pájaros de un tiro, ahora que había decidido entender que la misión que le reclamaran era una con la misión de su esposa. Con el dinero producido por la galería de arte podría finalmente concretar el sueño de Linda: construir un laboratorio marino en Playa Bo, equipado con tecnología de punta donde estudiarían y cultivarían corales para reimplantarlos, cuando hiciera falta, en su medio natural.

Angelitos negros

El viento de una gorda nublazón desaliñaba los árboles. Hacia el sur, el cielo encapotado coagulaba una fina línea de negro en el horizonte, que empezó a disolverse cuando las gotas, como maíz resbalando fuera de un saco, levantaron un olor a hierro, podredumbre y madera. Roque corría hacia ellos, empapado, gritando «Viene-una-cuadrilla-de-españoles». Antes de que alcanzara el frente del bohío, donde nuevas pieles eran tratadas, Engombe amarró las que estaban listas y gritó y empujó a los demás para que lo imitasen. Argenis sólo tenía sus grabados; los había guardado en un sobre de cuero, dentro del baúl de Roque, para protegerlos del salitre. A los pocos minutos, cargados con las hamacas, los cueros, las armas y herramientas, algunas viandas y las pocas pertenencias de cada uno, los cuatro hombres que le quedaban al barbudo caminaban hacia el oeste y buscaban el manglar del río Sosúa, que el indio conocía como la palma de su mano y donde, según este, se hallarían a salvo hasta que la cuadrilla, tras echar abajo y quemar el asentamiento, regresara a Santiago, de donde seguramente había venido. La cuadrilla, formada por unos veinticinco hombres, que Roque había contado atisbando con el catalejo, bajaba la cordillera y tardaría un día más en llegar. Era menester enterrar el cofre y los cueros para aligerar el paso. Se detuvieron al pie de una ceiba. Vieron amainar el vendaval, y cavaron varios huecos a cuarenta pasos del árbol. Si alguno perdía la vida, les recordó el manco, sacando tierra de un hoyo, el cofre del muerto sería repartido entre todos. Sellaron el pacto con un trago de agua y retomaron el camino.

Al llegar al manglar, tardaron horas en encender un fuego gracias a la humedad que la lluvia, que no veían desde hacía meses, había traído consigo. El manco improvisó un techo de hojas de palma que entretejió con la maraña del mangle para proteger la candela, y extendió los dos cueros que no habían enterrado bajo la pobre guarida, con la ilusión de darle algún descanso a su cuerpo; sólo que una nube de mosquitos y jejenes los cubrió tan pronto se quedaron quietos, y mucho más aún después de que Roque ordenara apagar el fuego para que el humo no los delatara.

Comieron piña. Bebieron sorbos de aguardiente. Al caer la noche, un animal que se movía en la hojarasca los mantuvo despiertos. Al amanecer, con los nervios de punta, emprendieron camino río abajo. Iban en busca del mangle más espeso y menos asequible a la tropa que los perseguía. Argenis se había hecho una herida en el dedo gordo del pie y quiso sentarse para mirársela. Engombe le metió con la culata del arcabuz en las costillas para que se levantara. Roque no hizo nada para impedírselo. Cojo, con ojos sellados de lagañas y picadas de jejenes hasta en los cojones, Argenis buscaba como un adolescente la aprobación del barbudo; se ofrecía para ayudarlo con su carga, poniéndole temas absurdos en medio del calor y el lodo arenoso que engullía la pierna hasta la rodilla a cada paso. Se detuvieron antes de lo planificado ya sin ínfulas de confort, reposaron la cabeza en una piedra o un tocón, desfallecidos bajo el ataque de insectos cuya acometida no respetaba narices, ojos o bocas. El manco temblaba de frío bajo el sol del mediodía, con la epidermis repleta de ronchas purulentas. Engombe se hacía mangas de arena mojada sin éxito, maldiciendo al indio, cuya piel, por alguna razón, despreciaban las alimañas.

Presa de males invisibles para la Playa Bo de 2001, Argenis se arrastraba como un alma en pena de la ducha a la cama; sufría en su carne libre de picaduras el ardor desesperante de su yo bucanero. A falta de heridas, su yo del presente, Argenis Luna, participante del Sosúa Project, rebosaba veneno, y al son del latir en la cáscara irritada de su doble había encontrado la manera de devolver a Linda Goldman la humillación que le había causado frente a todos en la mesa de la terraza hacía unos días.

En unos minutos, el sol saldría y la bióloga, que nunca faltaba a la caminata mañanera con su perro, hallaría al animal duro como un palo junto a algún arbusto de la propiedad, víctima de un buen pedazo de salchichón con Tres Pasitos.

Como una película de vaqueros, pensó Argenis, y se rascó con un cepillo de pelo ronchas que no tenía al escuchar a Linda, quien gritó el nombre de Billy una, dos, muchas veces hasta que un grito amorfo le dejó saber que ya había descubierto al pobre perro en las escaleras de la terraza, con la mandíbula trancada en un grotesco rictus. Argenis salió para disimular y se acercó al grupo que rodeaba al cadáver al pie de sus amos, que lloraban inconsolables y abrazados. *Malagueta, buen lambón*, pensó Argenis al ver que el negro también lloraba junto a una Elizabeth que, a pesar de que no se le conocían sentimientos, se esforzaba por expresar su preocupación y empatía apretando con su mano el hombro de la mujer de Giorgio.

Un día antes, durante el único paseo que se le vio dar solo desde su llegada a Playa Bo, se había cuidado de comprar el raticida y el salchichón en un colmado de otro pueblo. Se sintió un genio por primera vez en años. En el camino pensó en Mirta, su ex, y en la posibilidad de hacer con ella lo mismo que con el perro, pero lamentablemente a Mirta no le gustaban los embutidos. Enterraron a la querida mascota frente a la terraza donde tantas conversaciones había interrumpido, poniendo sus patas sobre el regazo de Linda con una pelota de tenis en la boca para que ella la tirase fuera, hacia la oscuridad, de donde Billy la traía veloz, satisfecho y feliz. Malagueta se tomó la molestia de buscar un peñón blanco de río de dos pies de alto en Puerto Plata, y lo colocaron a modo de lápida sobre la fosa. Iván estiró su talento para la analogía y habló del entierro de Mozart, del aguacero maldito que evitó que la gente acompañara hasta el cementerio al genio de la música, que iba en un ataúd de segunda mano seguido por cuatro gatos.

Al día siguiente, Giorgio salía a supervisar las obras de remodelación de la galería de arte en la capital y se detuvo en la cabaña de Argenis porque Malagueta se hallaba allí. Pidió al negro que durmiera en la casa y cuidara a Linda, sin mirar a Argenis ni una sola vez, que se supo un «bueno para nada» a los ojos de su mecenas, una carga que había venido a comerle la comida y a enfermarse de la mente. Mientras escuchaba a Giorgio darle al performancero el número de teléfono de Nenuco e instrucciones sobre los tés que gustaban a su mujer, Argenis vio de reojo las telas que no tocaba hacia días, la pintura dura en los pinceles estropeados, que había dejado sin limpiar, dándole sorbos de agua a un bucanero manco que se cagaba encima tiritando en el mangle infernal de su continuo y fatigante espejismo.

Malagueta estrenaba unos mocasines de gamuza Kenneth Cole y unas bermudas blancas de algodón que emulaban a la perfección el estilo de Giorgio. Hacía días que no se ponía la gorra de los Dodgers, y había recuperado, a fuerza de abdominales, el six-pack que yacía bajo la desaparecida barriga. *El prieto se está puliendo*, pensó Argenis, consciente de la deteriorada apariencia que Linda le había señalado en la mesa.

El beat 4/4 de un bombo electrónico hacía vibrar las cabañas. Elizabeth armaba su sesión de DJ para el party que celebrarían el fin de semana en la propiedad y donde presentarían el producto de sus primeros dos meses de trabajo. Los invitados, coleccionistas, artistas, extranjeros millonarios, surfers de Cabarete, el público habitual de las todavía escasas fiestas electrónicas y uno que otro funcionario del Departamento de Cultura de Puerto Plata disfrutarían de una noche dedicada a Francisco de Goya. El flyer de la fiesta, que la misma Elizabeth había diseñado, era una foto de Malagueta con peluca, un traje de la España del siglo XVIII, los pinceles, la paleta y la pose del Goya retratado por Vicente López; al pie de la misma, en letras Garamond, se leía el nombre del evento, *Caprichos*. El blanco de la peluca y el gris de la chaqueta resaltaban la negrura de las manos y la cara de ceño fruncido, que suscitaba una atmósfera cómica y siniestra al mismo tiempo. Malagueta entregó a Giorgio los flyers impresos para que los repartiera en la capital, mostrándoselos entusiasmado a Argenis, quien, creyendo merecer que una de sus pinturas engalanara la invitación, se sintió, nueva vez, despreciado.

Las primeras líneas de «Angelitos negros» cantada por Toña la Negra retumbaron en las bocinas de Elizabeth: «Pintor nacido en mi tierra»... El sample del bolero descansaba sobre el comienzo de «Where's Your Head At?» de Basement Jaxx, y las ooos largas y trompeteadas de la cantante introducían el espíritu épico de la manga sonora que la DJ comenzaba a tejer. Los platos, el mixer, un drum machine y un sampler estaban seteados en una mesa contra una pared donde Elizabeth había pegado con tape y chinchetas papeles, fotos, notas en servilletas, recortes de periódicos y revistas, canciones, ideas, feelings, piezas de Goya y las distintas interpretaciones que le daba a las mismas en Post-Its amarillos escritos con su fea letra en marcador rojo. El mural era una constelación de referencias, acumuladas durante dos meses de trabajo con Iván, madrugadas de Internet y el consumo compulsivo de música al que se había sometido los últimos años. Esta suma de pedazos era la pieza que exhibiría, allí mismo, en su cabaña, durante la noche, sumada a la otra mitad, con la que pondría a bailar a la gente a partir de la media noche. Su arqueología auditiva no discriminaba entre géneros, había aprendido del hip hop a encontrar segundos de oro tanto en una balada de Rocío Jurado como en una pieza de Bobby Timmons, pedazos, que extraídos y loopeados, crearían música nueva, divorciada de la pieza original que los contenía. Robaba, sin dejar rastros, bloques de canciones ajenas que matizaba con melodías en acordes menores de sintetizadores que topeteaban la oscuridad nostálgica del blues y del gagá dominico-haitiano, del que era fanática.

Estando en Chavón, Elizabeth había visitado con sus amigos La Ceja, un batey cerca de La Romana, donde cada Semana Santa, como en todos los ingenios azucareros de la isla, se celebra un ritual de fertilidad en el cañaveral. Bajo una enramada tres largos tambores cierran el ojo de un ritmo arremolinado que despliega histérico los bajos de unos fututos polifónicos que buscan un movimiento marcial en las piernas y en el vientre. Con la luna llena en el cenit, había visto el púrpura sagrado que adquiría el cañaveral a la medianoche contra un cielo cundido de estrellas. Un viejo poseído por Papá Candelo caminó hacia ella sobre carbones encendidos, recogiendo paciente uno para prender su cachimbo. Cuando estuvo a su lado, una densa presencia la penetró y le mostró, específica y elocuente, la extrema pobreza de los braceros haitianos, la boca trágica con la que este ceremonial antiquísimo se aferraba al presente, la permanencia de una esclavitud que se disfrazaba de oficio y el poder de una música que alojaba en el cuerpo humano a deidades capaces de tragarse al mundo.

La mancha que esa experiencia había dejado en su interior era enorme. Ahora, sus bordes se definían en formas tangibles, en la música que mezclaba concienzuda, buscando el efecto bailable y misterioso de aquella fórmula mágica. Llevaba años tambaleándose entre carreras y proyectos y por fin se clavaba en el blanco que sus distintos talentos presentían a lo lejos. La música para la fiesta, tres horas de mezcla, trazaría una línea fluctuante de Toña la Negra al trance de Goa, minaría el camino de sombras amenazantes y dulzuras arrebatadoras, minimal tech, deep house y drum & bass, rezos afrocubanos, samples de la voz de Héctor Lavoe y Martin Luther King, Ed Wood y Gertrude Stein; y como un regalo para Linda y Giorgio, a quienes debía de alguna forma el descubrimiento de su verdadera vocación, en el clímax de la tercera hora, antes de saltar de clavado hacia el océano cyberhippie de un repetitivo trance tiraría sobre la antológica «I Feel Love» de Donna Summer trozos de la voz de Jacques Cousteau en su documental *Haiti, Waters of Sorrow*. El efecto era trágico, inspirador y contradictorio, las predicciones del explorador francés sobre el futuro submarino de la isla colgarían del silencio por unos segundos antes de que el bajo cayera otra vez, como un maremoto, sobre la pista de baile.

Las orejas rockeras de Argenis tardaban mucho en comprender lo que su colega llevaba varios días armando en su taller. El manco no mejoraba. Argenis parecía ser el único que se preocupaba por atenderlo, mojarle la frente con un trapo, escuchar sus delirios en un inglés calloso que no comprendía, agitando el brazo mocho como si conservase la mano perdida. Roque se mantenía despierto, velaba el refugio y daba rondas para asegurarse de que estaban a salvo. Comían el casabe mohoso que les quedaba, impedidos para encender fogata y cocinar las tilapias, que hubiesen podido pescar con facilidad, ya que al más mínimo intento Engombe los apuntaba a él y al indio con una pistola. La herida del pie se le había infectado y se mantenía junto al enfermo sin moverse mucho para no lastimarse, el dolor le acalambraba la pierna y no menguaba con las aspirinas que tragaba de a cuatro en el complejo de los Menicucci.

Ya nadie le traía sopas, conversación o café; su licencia médica o la simpatía que pudo haber despertado en los demás había caducado. Malagueta le había hecho el favor de abrirle las cortinas y le había notificado, por si no se acordaba, que el party era esa noche y que contaban con que organizaría su taller para la exhibición de sus piezas durante la fiesta. También le ofreció, de mala gana, ayuda para montar las telas en sus bastidores. Por el cristal vio que Giorgio había vuelto de la capital, que dos obreros, uno con un pico y otro con una pala, lo acompañaban. El manco se había vaciado de todos sus líquidos durante la noche y no sabían qué hacer con su cadáver amoratado y hediondo. Sobrevolando en círculo y atraídas por el olor del muerto, las auras tiñosas atraerían también a la cuadrilla. Decidieron moverse, dejar que las aves de rapiña dispusieran del cuerpo. Curioso que tuviese corazón ahora y no con el fucking Billy.

En el banco frente a las cabañas, Giorgio sacó un papel de un tubo y mostró al grupo sonriente los planos para el edificio que albergaría el laboratorio de Linda, comisionados al arquitecto que se encargaba de la galería de arte, sorprendiéndola y arrancándole la primera sonrisa desde la muerte de su perro. Comenzarían la construcción al mediodía, con un pequeño acto para el que requería la presencia de todos, así la fiesta de la noche tendría otra razón de ser. Llegada la hora, se juntaron en la terraza. Linda parecía haber llorado mucho y miraba a Giorgio con ojitos devotos mientras hablaba por el celular con su colega James Kelly para compartir con él las buenas noticias. El grupo, que incluía a Nenuco y Ananí, cargaba una neverita, un mantel y bolsas con refrigerios. Caminaban rodeando a Linda, hacían chistes sobre el futuro laboratorio, dejaban atrás, en su corrillo de alegría, a Argenis, que cojeaba y se ayudaba a caminar con un palo de escoba que había encontrado en la cocina de la casa. El lugar elegido para la obra era un claro al otro lado de la calle, frente a la propiedad de los Menicucci, que habían conseguido por centavos.

A unas millas del lugar que ahora coronaban las tiñosas, los bucaneros avanzaban ya sin suelo estable bajo sus pies, titubeaban sobre raíces de mangle, de cuyo fondo acuoso surgían, abriendo y cerrando pinzas, cientos de cangrejos de todos los tamaños. Argenis hacía un esfuerzo sobrehumano para mover sus piernas en ambos lugares, ya sin preguntarse para qué, persiguiendo como un zombi a los que le precedían.

«Aquí comienza una gran aventura», dijo Giorgio tras sacar una botella de champán de la neverita. Detrás de él, los dos obreros marcaban con cuatro estacas y una cuerda el espacio que ocuparía en la tierra el edificio. Malagueta e Iván abrieron el mantel sobre la yerba seca y amarillenta. Argenis fue el primero en sentarse y el último en recibir una copa. Brindaron por el Centro de Investigación Marina de Playa Bo. Iván derramó un poco del contenido de la suya en la tierra en busca del favor de los muertos que la habitaron. Giorgio silbó con ambos dedos en la boca para que los dos obreros, que se abanicaban con las gorras, comenzaran a cavar allí, donde pronto descansarían los cimientos. El área era perfecta, con acceso a la calle principal y en un pequeño claro sin accidentes, rodeado por la sombra de almendros, flamboyanes y una ceiba, junto a cuyas raíces se desarrollaba el picnic.

Argenis recordó de golpe el lugar donde por orden de Roque habían enterrado el cofre con sus grabados. Los obreros de los Menicucci hincaban sus herramientas; sacaban años de tierra y mierda de vaca de entre las enormes raíces de la ceiba, que asomaba sus tentáculos al sol del verano antillano. El dolor del pie y las demás molestias desaparecieron ante una súbita explosión de adrenalina. Giorgio acariciaba la mejilla de su mujer con el dorso de su mano izquierda; la barba de varios días le oscurecía el mentón. Con la otra mano empinaba la botella con la misma elegancia con que el jefe de los bucaneros avanzaba ágil en el mangle, dejando a Argenis solo y a merced de los cangrejos, el cansancio y las tiñosas. Lo iban a dejar morir y sus grabados serían cosechados a pico y pala por Giorgio y su puta. Argenis dio vuelta atrás, saltó endemoniado de raíz en raíz, se hizo daño en el pie con astillas y animales y buscó alcanzar el lugar donde yacía el cofre, que desenterraría con los dientes si era necesario.

Al salir del mangle, Engombe y Roque le pisaban los talones. *Se han preocupado por mí y me buscan*, pensó. Pero al llegar al pie de la ceiba cuatrocientos años más joven, donde ahora se celebraba el picnic, tenía la punta del arcabuz de Engombe en la nuca. Roque puso su mano sobre el arma obligando al negro a bajarla y Giorgio se arremangó la camisa, resoplando incómodo con el calor. Ambos miraban a Argenis con cuatro ojos idénticos creando un túnel de silencio; a un lado se chocaban copas, al otro, retumbaba una verdad inexplicable y nauseabunda. «¿Y ahora qué te pasa?», preguntaron Giorgio y Roque al unísono. El pintor tembló de pánico, sin poder abrir la boca. «No desperdicies la bala», dijo Roque a Engombe, y tomó el arma por el cañón para blandirla como un bate y tumbar a Argenis de un golpe seco en la cabeza, no sin antes decirle con su boca bucanera: «Esto es por Billy, hijo de puta».

Monkey Magic

Malagueta conocía a esos tipos, mulatos de piel clara de clase media, sin dinero ni alcurnia para privar en mierda, pero que se creían, por haber nacido en la capital bajo un techo de cemento y no de zinc, mejores que todo el mundo. Venían a la playa de su infancia, lo miraban a él y a sus amiguitos como si fueran las asquerosas palomas de una plaza. Disfrutaban del agua y del sol y obviaban sus oscuros cuerpecitos como a un sucio en el paisaje. Por eso, cuando vio a Argenis desbaratar el picnic con sus loqueras no se pudo controlar. Giorgio había planificado aquello para alegrar a Linda, Argenis tenía que venir a dañarlo. El día estaba espléndido, los sándwiches de tuna, el fresquito y la ilusión de la rubia, como le decía Malagueta a Linda, con su futuro laboratorio. De repente, los obreros, que cavaban el principio de hoyo para los cimientos, porque luego vendría un bulldozer, encontraron algo y llamaron a Giorgio, que se asomó, puso cara de sorpresa e hizo señas a los demás de acercarse.

Argenis, que llevaba media hora mirando el mantel de cuadritos, de repente se para y empuja a Giorgio y dice: «No me vas a engañar así, esto es una estafa, hijo e tu maldita madre, eres el diablo, me engañaste, tienes poderes, ustedes lo saben todo, son parte, no se hagan, lo hicieron juntos, eso que encontraron es mío, es mi tesoro, yo lo hice, diles, no me hagas esto, por favor, no me lo merezco». Argenis moquea y grita, con los ojos desorbitados, patalea en el aire porque Malagueta le ha metido una llave al cuello y con un solo brazo lo arrastra lejos, hacia la casa, mientras el pintor ve, entre lágrimas y moco, el baúl que sacan del hoyo los dos obreros con la ayuda de Nenuco.

El negro le metió dos bofetás con el guante de pelota que tenía por mano y luego, agarrándolo por el fundillo del pantalón y el cuello de la camisa, lo metió en la ducha. Le preguntó: «¿Ya estás tranquilo, mardito loco?». Lo dejó en posición fetal en la bañera y le recogió las tres pendejadas que tenía. Los pantaloncillos sucios que acumulaba en una esquina del baño los tiró a la basura. Lo dejó con la ropa que hacía días no se cambiaba y que ahora, gracias al agua, olía a orina y a granja de pollos. Cogió prestada la yipeta de Giorgio y salieron en ella cruzándose con la comitiva que regresaba del picnic. Los dos obreros llevaban en hombros un baúl enrojecido por la tierra y el óxido, tocó pan-para-ran-pán con la bocina para saludar, sin detenerse, y vio en la cara de Linda que era la única que mostraba cierta preocupación o pena por el hombre que iba sentado a su lado.

Al llegar a la parada de autobuses, el pintor cabizbajo y perdido tropezaba con las parejas que se despedían con un beso, las viejas comprando dulce de naranja y los que chupaban el último cigarrillo antes de montarse a la guagua. Malagueta no le dirigió la palabra hasta que, tras subir con él al autobús, lo sentó junto a una mujer que llevaba un cartón de veinticuatro huevos en la falda. «Mano», le dijo, «te dieron tremenda opoltunidá y la depeldiciate.» Le dio cien pesos para que cogiera un taxi a casa de su mamá cuando llegara a la capital, una botellita de agua y unas papitas.

En el camino de regreso Malagueta iba con una sensación de ligereza en los hombros y el cuello, prendió un Marlboro Light, sacó su brazote izquierdo por la ventana y condujo con la derecha. Se había quitado un peso de encima. Nadie soportaba ya a Argenis, y ninguno quería hacerse cargo de él. El trabajo sucio, por supuesto, le tocó al prieto. «Prieto», se escuchó decir botando humo por la boca. Una pequeña palabra inflada a través del tiempo por otros significados, todos odiosos. Cada vez que alguien la decía queriendo decir pobre, sucio, inferior, criminal, la palabra crecía, debía estar a punto de explotar, y cuando por fin lo hiciera, volvería a significar lo mismo que al principio: un color. Su cuerpo era ese globo de carne que contenía la palabra, soplado una y otra vez por la viciada mirada de los otros, los que se creían blancos. Sabía que Argenis, curiosamente el más oscuro del grupo después de él, lo creía menos, y su mirada condescendiente, la misma que usaba con animales, mujeres y maricones, le dolía. Imaginaba la mente de Argenis como una tabla de colores, de esas que usaba para comprar sus tubos de acrílico; a más oscuro, más desprecio. Se había deshecho de un mamagüevo que nunca podría mirarse al espejo sin miedo. «Maldito prieto», dijo en voz alta y pensó en Argenis y una carcajada lo hizo sacudirse y detener el carro porque se le salían las lágrimas de tanto reír.

En Playa Bo todo era curiosidad y actividad. La compañía de catering disponía una larga mesa para la picadera y la barra. Elizabeth seteaba, junto a un amiguito que había venido de la capital, el equipo de sonido, que incluía unas torres de bocinas de siete pies de alto. Giorgio hablaba por el celular sobre el hallazgo de la mañana, y andaba de un lado a otro de la terraza, excitado, con una ronquera nerviosa, presionando a su interlocutor para que saliese de la capital en el acto, mientras dentro de la casa los obreros, guiados por Linda, movían las paredes para agrandar la sala donde ahora ocupaban el espacio, como por arte de magia, dos sofás Le Corbusier que habían sacado del almacén de la parte posterior de la casa. Ananí terminaba de limpiar el cuarto que había sido del pintor, llenando una funda de basura con sábanas, papeles, medias curtidas, pinceles resecos y colillas de cigarrillo. Nenuco entubaba los bastidores pintados de Argenis, que, al parecer, no serían expuestos durante la actividad. Cuando estuvo listo sacaron la cama y el escritorio y lo llenaron con velas, creando un pequeño edén para los invitados.

En la cabaña de Malagueta había un espejo que usaba para mirarse durante sus ejercicios y sus ensayos. En el borde, había una foto de Ana Mendieta mimetizada sobre el tronco de un árbol; otra de Pedro Martínez tirando las bolas curvas con que los Medias Rojas de Boston ganaron a los Indios de Cleveland en los playoffs del 99, así como un dibujo que había hecho a los nueve años de Goku, el de *Dragon Ball*, con su rabo de mono. De pequeño, cada vez que alguien le decía «mono», «maldito mono» o «mono der diablo», dibujaba un Goku dando una patada o haciendo uso de uno de sus poderes especiales. Había llenado cuadernos enteros para sobrevivir a las palabras que salían incluso de boca de su madre o sus hermanos, soñando con que un día, tras encontrar a un maestro como Mr. Miyagi o Yoda, adquiriría los superpoderes para vencer al enemigo, esa gran boca sucia que lo hería y debilitaba. A falta de un sensei, Malagueta ideó una salida: el aire pestilente de los insultos hincharía sus músculos, bombeando sus brazos debajo de pesas sin fin y lo convertirían en un gorila con el que nadie se querría meter: una máquina de batear bolas. Cuando se lesionó y tuvo que echar sus sueños de gloria beisbolera a la basura, le quedaron tres opciones: trabajar como animador en un hotel, metérselo a setentonas europeas a cambio de camisetas de marca o las dos cosas.

El Sosúa Project lo había salvado. Allí había encontrado a su maestro, un cubano flacucho que le había enseñado a entender voces secretas, a utilizar los poderes invisibles de la historia de su cuerpo y a planificar un ataque estratégico contra la boca repugnante y cruel que vive en todos nosotros. En dos meses, Iván le había desglosado a Jung, a Foucault, a Fanon y a Homi Bhabha sin abrir un libro. El rumbo múltiple de sus anécdotas, sus chistes, sus reflexiones, sus preguntas y sus reprimendas le había hecho descubrir que su cuerpo también era una boca que hablaba y que podía hacerlo de forma convincente y total, callando los gritos repetitivos e ignorantes de la otra. Para la pieza de performance art que ejecutaría esa noche decidió seguir utilizando elementos del béisbol como le había sugerido Iván. Los objetos deportivos eran hermosos y estériles y traían una corriente sólida de significados. Enfrentaría por primera vez de forma frontal el tema de la raza y la masculinidad dominicana; no hacían falta muchos accesorios. También aplicaría a su «espectáculo» leyes de mercadeo o de atracción, como las llamaba Iván, con una propuesta estética diseñada para satisfacer las necesidades y ansias de un público particular, que leería estilo y no moda, búsqueda y no tendencia. Llevaba una hora con un decolorante puesto en el pelo, su afro era muy crespo y su pigmentación muy oscura, por lo que al sacarse el químico su greña había adquirido un color naranja zanahoria en vez del amarillo del pelo de Goku Super-Sayayín. Elizabeth vino a peinarlo con un producto para crestas punk y le dijo que el naranja era aún más extraño y que haría referencia a *Dragon Ball* de una forma más indirecta e interesante. Estaba linda con un pantalón blanco sumamente estrecho. Malagueta se escuchó decir *si te agarro* en su mente, pero guardó silencio. Se miró al espejo una última vez. Había dejado de beber agua hacía dos días para que la fibra de sus músculos se definiese. Ahora su piel era puro plástico.

T de techo

La noticia de su próxima libertad llegó, como todas las noticias que venían de Palacio, en un rollito de papel dentro de un pote de mantequilla de maní. Tras diez años en La Victoria, cómodo, tranquilo, sin más responsabilidad que comer y respirar, saldría ahora al mundo exterior, donde el asfalto se quedaba pegado a las suelas como chicle. Tendría que trabajar, por ejemplo. ¿Cómo iba a atender sus asuntos, sus otras vidas, sus negocios? Le había rogado al presidente que siguiera moviendo sus palancas para que lo dejaran allí dentro, con su neverita, su amigo, su tiempo libre. Pero Bona se había hartado de esperar el milagro que Acilde, según Esther Escudero, iba a realizar. Por primera vez en años pensó en Peri, en Morla y en su vida antes de conocer a Omicunlé. Bona era un idiota y no tenía cómo explicarle que en un pasado al que tenía acceso mediante un cuerpo extra patrocinaba investigaciones que permitirían repoblar de corales el Caribe en este presente de mierda.

A pesar de que el techo de su celda había sido pintado hacía unas semanas, las manchas de humedad comenzaban a reaparecer. Esta humedad que antes permitía una fertilidad excesiva, que alimentaba el follaje de la selva tropical en Sosúa, era en el 2037 una opresiva molestia irrespirable. Las manchas lo habían entretenido en noches de insomnio, mientras Giorgio y Roque dormían. En ellas creía reconocer formas de animales y bodegones. Con ellas se distraía en las noches de un presente que sólo tenía sentido en función de lo que pasaba a otra gente, en otros tiempos.

Se levantó del suelo donde dormía para chequear a Iván de la Barra. Hacía meses que compartía con él su celda. Pensaba que al viejo, ya chocho y desmemoriado, le vendría bien dormir con aire acondicionado, y luego, al ver el esfuerzo que hacía para levantarse del piso, le había cedido también la cama. El sueño, gracias a las pastillas que le mandaban sus hermanas de Cuba, confería a Iván un aspecto saludable que la vigilia le arrebataba.

Acilde miró la neverita oxidada, la luz verde del pasillo que se colaba por la puerta de hierro también oxidada de la celda, el rectángulo de plástico transparente con el que había cubierto la puerta para que el aire frío no se escapara y la cubeta de agua con la que bajaba el inodoro. Ahora, que había logrado aterrizar los aviones de casi todos sus planes, la anticipación había cesado y esta, su torre de control, era por primera vez una celda patética y sucia.

Esperó a que saliera el sol. Levantó a Iván, lo zarandeó sin mucho cuidado: «Váyase, viejo, necesito mi cama».

The National Anthem

Las trompetas, en la tétrica introducción de «Angelitos negros», parecían anunciar la lectura de un edicto del rey en Playa Bo. El público conversaba y sostenía en servilletitas los refrigerios de cocina criolla creativa que habían preparado en el restaurante de Giorgio. Sushi de anguila y plátano maduro, frittatas de gandules con coco, pinchos de mero a la chinola, etcétera. Nenuco, que hacía de valet parking, acomodaba los carros asegurándose de que los invitados entrasen a la propiedad por el portón y caminaran los doscientos metros hasta la casa por un jardín de crotos, bromelias, palmeras, cayenas, limones y aguacates en cuyo centro podrían apreciar la pieza de Malagueta. Por eso todos se voltearon a mirar cuando un Lincoln Continental del año de la pera entró hasta la terraza moliendo la gravilla que la rodeaba. Del submarino negro salió un tipo de cuya delgadez colgaba una guayabera de mangas largas crema y pantalones acampanados de polyester kaki. En la mano derecha llevaba un portafolios de combinación que ya sólo usaban los visitadores a médico para sus muestras y papeles.

Orlando Kunhardt desenterraba cadáveres. Devolvía la vida a objetos de otras épocas: arqueólogo, antropólogo, restaurador. Sus ojos, entrenados en la UNAM de los sesenta, podían, sin ayuda de libros, lupas o químicos diagnosticar en un minuto la autenticidad de un hallazgo como el del cofre que descansaba en la habitación de Giorgio y Linda, con el aire acondicionado encendido, como había recomendado el mismo Orlando por teléfono. Ya en la habitación se colocó unos guantes de látex verde; afuera retumbaba un hard-tech de fin de mundo y le hizo señas a Giorgio para que cerrara la puerta. Despegó un trozo de tierra endurecido. En el mismo podían verse los canales de un antiguo hormiguero. «Es roble», fue lo primero que dijo al acariciar la madera magullada del cofre, sintiendo en la misma la resonancia del bajo de la música de la fiesta. Caminó en círculo mientras prendía un Nacional Mentolado. Notó que el cofre había perdido una bisagra. «Por el baúl te puedo conseguir unos doce mil dólares», dijo pestañeando de un ojo que se le había llenado de humo. «A menos que me lo quieras donar», añadió muy serio, como si no fuera un chiste. Se arrodilló para forcejear con el candado, adivinó la impaciencia en su cliente y dijo: «Tranquilo, piensa que es una muchachita virgen». Giorgio le había descrito el hallazgo y Orlando había venido preparado. Del portafolio sacó varias llaves antiguas, tomó una en forma de efe y el seguro cedió. Cuando el cofre abrió chirriando, la segunda bisagra cayó al piso y la tapa se desprendió, Giorgio tuvo que intervenir para que no se rompiera contra el suelo. Dentro encontraron un sobre de cuero, un caparazón de carey y una trenza de pelo castaño. Orlando levantó el sobre con el cigarrillo colgándole del labio; sacó un manojo de gruesos papeles. Se le iban a salir los ojos. Giorgio fingía curiosidad, pero sin preguntar nada esperó el dictamen del Doctor Kunhardt, que luego confirmarían especialistas extranjeros. «Caballo, esto es un tesoro», dijo sin soltar el Nacional. Los primeros siete grabados, firmados por un tal Côte de Fer, mostraban la vida de los bucaneros en el siglo XVII; la técnica era impecable; la documentación de los detalles, valiosísima. La otra mitad era una serie erótica en la que una mujer, con toda probabilidad una prostituta, era sometida sexualmente por el mismo grupo de hombres, quienes llenaban con caras alegres, todos sus orificios. Las imágenes eran muy gráficas y guardaban cierta relación con la estética de la brutalidad de *Los desastres de la guerra* de

Goya. Las poses iban haciéndose cada vez más violentas hasta que la última mostraba a un negro sodomizándola mientras un manco le cortaba la cabeza con una cimitarra. *Debí haberlo matado dos veces*, pensó Giorgio, que reconoció el parecido de la víctima de los bucaneros con Linda. Se saboreó al imaginar que hallaban el cráneo del tal Côte de Fer, perforado por el golpe seco que le había propinado con las manos de Roque esa mañana. Orlando hablaba de pigmentos, de óxidos y de sangre. «Esto es grandes ligas, Giorgio, este tipo era un genio.» *Era*, pensó Giorgio, y salió de la habitación y permitió que Iván de la Barra entrase a ver, para dejarlo allí con Orlando haciendo conjeturas, viajando en sus mentes a la hora en que los grabados habían sido realizados, tratando de oler el humo del bucán en el papel, especulando sobre la escuela a la que pertenecía el artista, dando por contado que había llegado de Francia y calculando los posibles precios con que en un año las piezas se venderían en las subastas internacionales. «Imagínate, un artista de la talla de Goya cien años antes en la Hispaniola», alcanzó a escuchar decir al cubano.

Lo de Argenis había sido un accidente. No se suponía que otro ser humano pudiese duplicarse en el pasado como él. Más que un accidente había sido un golpe de suerte. Penetrando el party empezó a celebrar la conclusión de lo que había cuajado una mañana, cuando el contrabandista inglés le mostró la imprenta. Vendería la mitad de los grabados a coleccionistas y museos, la otra mitad la pondría a exhibir en la Casa Museo Côte de Fer, que albergaría el primer piso del laboratorio, en cuyo exterior recrearían un asentamiento bucanero con guías vestidos de piratas; bueno, quizás los guías eran demasiado. El gobierno les daría un subsidio y el complejo viviría repleto con la carne blanca de los hoteles todo incluido.

Este optimismo compulsivo era prueba de que las éxtasis que se había metido media hora antes le estaban haciendo efecto. Elizabeth le había hecho cerrar los ojos y abrir la boca para meterle las dos pastillitas verdes, el mismo verde de las velas antimosquitos de Bayer, esas que se queman en espiral.

La primera ola de placer lo obligó a sentarse. Sintió cómo la serotonina, estimulada por la droga, llegaba a su cerebro y hacía que todo fuera agradable, deseable y posible. En una esquina de la terraza, Linda, vestida con un halter top blanco y pantalones verdes como las pastillas, bailaba con una botella de agua en la mano. Seguro sentía lo mismo que él. Intercambiaron una mirada cómplice, de viejos amigos. Él la amaba. Ella era su reina. De repente, esa idea lo llenó con su realidad: él era un rey, el rey de este mundo, el cabeza grande, el que sabe lo que hay en el fondo del mar. Por lo general iba por ahí sin pensar demasiado en eso para no volverse loco, jalando los hilos de Giorgio y Roque desde su celda en La Victoria como si se tratara de un videojuego, acumulando bienes, trofeos, experiencia, disfrutando del paisaje, inexistente ya en ese futuro de lluvias ácidas y epidemias en el que la cárcel era preferible al exterior.

Gracias a la fundación de este laboratorio el gobierno de Said tendrá en qué apoyarse para regenerar parte de lo desaparecido. Este laboratorio es el altar que voy a erigirle a Olokun, en el que convertiré los rezos en yoruba de Omicunlé en llamados a la acción ambientalista. Su obra estaba completa. Elizabeth machucaba la pista de baile con «Out of Control» de los Chemical Brothers, un corrillo hacía círculo alrededor de algo que ocurría en su centro. Giorgio se levantó, orgulloso y feliz. Se asomó entre las cabezas. Vio a un chico que bailaba breakdance. Daba vueltas sobre el eje de su espalda en posición fetal a una velocidad apabullante y formaba en las pupilas dilatadas de Giorgio una flor de loto con el celaje de su movimiento. Antes de que la velocidad disminuyera, interrumpió la vuelta y se congeló en una pose, el codo en el piso y el puño bajo la barbilla desafiante, la otra mano en la cintura, como esperando una foto. Era Said Bona a los veintidós años.

Las odas triunfales a sí mismo con las que Giorgio se entretenía habían chocado contra un muro. Sintió miedo. Un flash de discoteca hacía que todo se moviera en cámara lenta. Aquí estaba el responsable del estado deplorable en que el mar estaría en unas décadas. Aquí estaba la razón de su iniciación. *Tanto bulto para esto.* Repentina y aplastante, tenía enfrente la verdadera meta de su misión: darle un mensaje a Said Bona, evitar que, cuando fuera presidente, aceptara esas armas biológicas de Venezuela. Decirle que en el futuro, cuando fuese electo presidente, las rechazara: convencerlo. De inmediato llegó a otra conclusión: si Said Bona se llevaba del consejo y tras el tsunami los químicos letales no se derramaban, ¿lo hubiese buscado Esther Escudero? ¿Lo hubiese encontrado Eric Vitier entre los bujarrones del Mirador? ¿Lo habrían coronado en aquella choza de Villa Mella y permitido vivir la vida que más preciaba? ¿Desaparecería Giorgio? Imaginó a Linda cubriéndose la cabeza con las manos, enloquecida cuando su mar se convirtiera en una batida de mierda, mientras en este, el pasado de ese mar destinado a sucumbir, bailaba feliz con el prospecto de su nuevo laboratorio junto a un Iván joven y gracioso. Caminó hasta el acantilado. Sentados sobre las piedras un grupito se fumaba un blunt y miraba las estrellas. Enumeró en su cabeza todas las cosas que había vivido y acumulado, se integró en la ronda que pasaba el joint gigante. Sintió la intensa pulsión de sus tres vidas al mismo tiempo y la carga del sacrificio que ahora le exigía su pequeño juego en el tiempo. La yerba había activado otra cresta a las éxtasis. Regresó a la casa para encontrar a Said, que hablaba con Elizabeth detrás de los platos. Elizabeth estaba encantada. «Este es Said», se lo presentó, «hace graffiti y spoken word y es buenísimo.» «Sé quién es», dijo Giorgio, captando la atención del futuro presidente, que para los halagos era todo oídos.

Salitre

La bañera de patas de león estaba ubicada en el centro del área circular del baño, bajo un skylight de un metro de ancho, construido con vidrio molido de botellas de cerveza por el cual el sol entraba de un suave color esmeralda. Linda Goldman escuchó el ruido del carro de los últimos invitados alejarse. Imaginó que Giorgio se había encargado de despedirlos. Malagueta, Elizabeth e Iván perseguían la rumba en un supuesto after party en una villa de Cabarete. Su propiedad estaba vacía de gente; ella, de quejas. Se frotó de arriba abajo con un aceite esencial de flor de naranjo y se puso una bata de toalla para salir a la terraza buscando a su marido. Se acercó al área de las cabañas. Allí sólo encontró las lagartijas que huían de sus pies y hacían ruido entre las hojas secas. Caminó hasta el acantilado. Luego se asomó a la playa, sin éxito. Escondido detrás de una uva playera Giorgio escuchaba cómo la mujer lo llamaba por su nombre. Cuando Linda se acercó lo suficiente, la abrazó por detrás. Tenía un galón de jugo de toronja en la mano y se reía ahogado del puño que la mujer asustada le había metido en la barriga. Buscó vasos, hielo y vodka, pero Nenuco y Ananí ya habían limpiado todo. En el freezer de la cocina encontró media botella, preparó los dos tragos y se sentaron en el sofá, bajo la pintura de Lam.

Giorgio cierra los ojos y mastica un hielo ruidosamente. Ve los somníferos robados al viejo Iván que Acilde se lleva a la boca. Perdidos, sin el indio escabullido durante la noche, Roque y Engombe huyen de los cascos de una cuadrilla que chapotea cada vez más cerca. Acilde baja la última pastilla con un buche de agua de su lavamanos y se recuesta en la camita. El peso de sus párpados clausura el acceso de Giorgio a la celda en la que ha vivido su cuerpo original. Siente que alguien muy querido está muriendo y adivina una lágrima en uno de sus ojos. La cuadrilla se le tira encima a Roque, que sin enjugarla levanta amenazante el arcabuz para acelerar el desenlace. El tiro que lo derriba deja el interior de Giorgio completamente a oscuras. Tras hablar de rap y política, había despedido a Said sin decirle una palabra sobre su futuro. Podía sacrificarlo todo menos esta vida, la vida de Giorgio Menicucci, la compañía de su mujer, la galería, el la-

boratorio. Linda recuesta la cabeza sobre sus piernas y él le acomoda con un dedo el fleco mojado
que le cae sobre la cara. En poco tiempo se olvida-
rá de Acilde, de Roque, incluso de lo que vive en
un hueco allá abajo en el arrecife.

apabullante — overwhelming
consagración — concencration
encorsetamiento — corseting
                    tightening?
" santera"   straight jacket?
  a priestess in the santería religion
  a "faith-healer"